Des femmes encombrantes

Du même auteur

aux Éditions du Masque

Pour les beaux yeux de Sunny Randall

Robert B. Parker

DES FEMMES ENCOMBRANTES

Traduit de l'anglais (États-Unis) par Frank Reichert

ÉDITIONS DU MASQUE
17, rue Jacob, 75006 PARIS

CE ROMAN A PARU SOUS LE TITRE ORIGINAL :

PERISH TWICE

Les personnages dans ce roman sont fictifs.
Toute ressemblance avec des personnes réelles
est purement fortuite.

Pour Joan : moi aussi je préfère le feu.

D'aucuns disent que le monde prendra fin par le feu
Et d'autres par la glace
À ce que j'ai goûté du désir
J'en tiens pour ceux qui préfèrent le feu
Mais s'il devait périr deux fois,
Je pense savoir assez de la haine
Pour affirmer que la glace
N'est pas moins douée que le feu pour détruire
Et suffirait.

Robert Frost

1

Ma sœur Elizabeth est venue me voir.

Elizabeth est mon aînée de trois ans. Nous ne sommes pas très proches. Nous avons passé une trop grande partie de notre enfance à nous disputer papa pour être de ces sœurs qui se téléphonent quotidiennement. Rosie, ma chienne, ne semble guère l'aimer non plus, ce qui renforce ma conviction : ma sœur n'est qu'une peste. Dans la mesure où Rosie aime tout le monde – les intrus armés compris – il crève les yeux qu'Elizabeth est un cas à part.

– De quelle race est-elle, déjà ? demanda Elizabeth. Un terrier de Boston ?

– Un bull-terrier. Rosie est un bull-terrier nain.

– Je croyais que c'était un terrier de Boston.

– Tu veux voir son pedigree ?

– Dieu ce que tu peux être drôle !

Nous prenions le café sur le comptoir de ma cuisine, sans Rosie, qui nous avait abandonnées pour aller s'installer sur le lit à l'autre bout du loft et nous observait avec attention d'un unique œil charbonneux.

– Alors ? me suis-je enquise. Qu'est-ce qui t'amène à Boston Sud ?

— Nous sommes vraiment à Boston Sud, ici ?
— La partie yuppie.
— Oh... Ce café est délicieux.
— Starbucks, répondis-je.
— Comment ?
— Starbucks, répétai-je. Celui-ci vient du Guatemala.
— Oh... Tu pourrais me noter ça sur un bout de papier ?
— Bien sûr.

J'écrivis *Starbucks Coffee* sur une feuille de calepin et la lui tendis. Elle la fourra dans son sac. J'attendis. Elle sirota une gorgée. Je regardai Rosie. La queue de Rosie frémissait. Mais elle ne daigna pas changer d'avis et resta étendue sur le lit.

— T'arrive-t-il de revoir ton ex-époux ? me demanda Elizabeth.
— Nous nous retrouvons tous les mercredis soir, Richie et moi.
— Vous faites quelque chose ?
— Faire quelque chose ?
— Tu sais bien, répondit-elle. L'amour. Je peux bien me permettre de te le demander puisque je suis ta sœur aînée.
— En ce cas, je peux également me permettre de te répondre que ce ne sont pas tes oignons.
— Oh, ne sois pas stupide, lâcha-t-elle. Tu vois d'autres hommes ?
— Oui.
— Et ?
— Où diable cette conversation est-elle censée nous mener, Elizabeth ?
— Pour l'amour de Dieu... je te demande seulement s'il t'arrive de faire l'amour.
— Ça ne te regarde en rien. Je te pose des questions sur ta vie sexuelle, moi ?

— Bof, moi... Je suis une vieille femme, mariée depuis belle lurette.

— Tu as trente-huit ans, Elizabeth.

— Tu sais très bien ce que je veux dire, rétorqua-t-elle. J'aimerais simplement savoir à quoi ressemble la vie quand on n'est plus mariée.

Je me suis levée et j'ai gagné l'autre bout de mon loft en respirant lentement, bien à fond. Je me suis penchée pour embrasser Rosie sur la truffe, j'ai encore respiré un peu, puis je suis revenue à petits pas.

— Nous autres, les femmes qui ne réussissent pas à conserver un mari, nous préférons garder notre vie sexuelle secrète, déclarai-je finalement.

— Oh, Sunny, franchement... Tu es parfois tellement vieux jeu.

— Vieux jeu, répétai-je.

Le soleil était presque au zénith et brillait férocement à l'aplomb de la lucarne, éclairant une de mes toiles, inachevée sur son chevalet.

— Tu peins toujours, fit remarquer ma sœur.

— Oui.

— On t'achète parfois tes tableaux ?

— De temps en temps.

— Vraiment ?

Je hochai la tête.

Nous restâmes un moment silencieuses. Elizabeth tendit le bras pour s'emparer de la cafetière et s'en servit une autre tasse. Elle ne la remit pas en place, se contenta de la reposer près d'elle, sur le comptoir où elle refroidirait. Je dus me faire violence pour ne pas tendre à mon tour la main et la remettre sur le feu. Quoi qu'il en soit, je n'en avais plus envie.

— Comment va Hall ? demandai-je.

Elle versa précautionneusement un nuage de lait dans son café, ajouta deux sucres, le remua, reposa la petite cuillère et en but une gorgée.

– Je crois qu'il me trompe.

– Hal ?

– Oui. J'en ai l'impression et ça n'a rien de drôle. Je voudrais que tu t'assures du contraire.

– Moi ?

– Tu es bien détective ces temps-ci ? Non ?

– Oui, bien sûr. Mais...

– Je ne tiens pas à engager une personne étrangère à la famille.

– Tu veux que je le file ? Que je prenne des photos de lui ? En flagrant délit ? Ce genre de choses ?

– Oui.

– Pourquoi ne pas lui poser directement la question ?

– L'interroger ? Ne sois pas ridicule. Pourquoi, au nom du ciel, voudrais-tu qu'il me réponde ?

– Parce que tu le lui aurais demandé.

– Non. Je ne poserai aucune question à ce fumier. Je veux le prendre sur le fait.

– Tu refuses également d'en parler avec lui ? Peut-être de demander l'assistance d'un conseiller conjugal ?

– D'un psy ? Ils sont tous timbrés. C'est pour ça qu'ils choisissent ce métier.

– Peut-être pas tous, fis-je remarquer.

– Et ils sont presque tous juifs.

– Peut-être pas tous.

– Je ne veux plus en discuter. Est-ce que tu consens à m'aider ?

– Bien entendu. J'essayais simplement de mettre le doigt sur le genre d'assistance dont tu avais besoin.

– Sûrement pas celle d'un cinglé de juif, en tout cas, affirma-t-elle.

J'envisageai d'aller m'étendre sur le lit à côté de Rosie. Ergoter avec Elizabeth était futile. Comme le disait fréquemment mon père en parlant de maman, elle se fourvoyait souvent, mais n'était jamais indécise.

Et, à l'instar de notre mère, s'ancrait encore plus profondément dans son erreur lorsqu'on mettait en doute ses certitudes. Pour peu qu'on la désapprouve carrément, elle campait sur sa position pour l'éternité.

— Je ferai ce que je pourrai, déclarai-je.

2

Elizabeth avait fait ses études supérieures à Mount Holyoke et ne s'en était jamais remise. C'est là qu'elle avait appris à s'exprimer avec cet accent nasillard de WASP[1] qu'elle trouvait désormais parfaitement naturel. Et le seul fait d'avoir décroché un diplôme des Seven Sisters[2] l'obligeait à épouser un type sorti de l'Ivy League[3]. Elle s'était donc mariée à vingt et un ans et trois mois, l'été même de sa licence, avec un jeune diplômé de Dartmouth du nom de Hal Reagan, avait vécu avec lui sur la Back Bay pendant qu'il faisait son droit à Harvard, et ils s'étaient ensuite installés à Weston lorsqu'il avait été engagé par Cone, Oakes & Baldwin, cabinet d'avocats du centre-ville. Il était à présent leur associé à part entière et, à trente-neuf ans, son avenir semblait aussi prometteur qu'ensoleillé. Plus que le mien n'en donnait l'impression, à tout le moins. Ma première décision concerna mon calibre. C'était un gros S&W .38 spécial, avec un canon de deux pouces, que je portais la plupart du temps à la ceinture, sous

1. Acronyme de *White Anglo-Saxon Protestant* (Blanc ou Blanche protestant d'origine anglo-saxonne), signifiant également guêpe.
2. Groupement d'universités du Nord-Est réservées aux jeunes filles.
3. Les huit grandes universités (très huppées) du Nord-Est.

mon manteau, pour pouvoir le dégainer rapidement. D'un autre côté, je ne m'attendais pas à faire le coup de feu avec Hal et, dans la mesure où il faisait un soleil radieux et où la température avoisinait les vingt et un degrés, je n'avais nullement l'intention d'enfiler un manteau. Mais j'avais été flic et j'étais à présent détective privé : depuis qu'il m'avait été donné d'empêcher de nuire un certain nombre de fripouilles, je m'étais promis de ne jamais sortir sans une arme. J'optai donc pour un compromis et fourrai le .38 dans mon sac à main, avec mon nécessaire à replâtrage et quelques billets épars.

La laisse de Rosie était accrochée à la poignée de la porte d'entrée de mon loft. Dès qu'elle me vit mettre le .38 dans le sac, elle cavala jusqu'à la porte et fixa sa laisse. Je ne comptais pas l'emmener. Filer mon propre beau-frère m'était déjà suffisamment pénible, sans avoir de surcroît à m'appuyer une chienne qui, encore que d'une grande beauté, n'était pas moins, eh bien... assez remarquable et parfaitement reconnaissable. J'allais tout bonnement lui donner un biscuit, lui tapoter la tête et lui dire au revoir ; et tout se passerait très bien : elle dormirait sans doute jusqu'au soir sur mon lit. Je me suis passé la bandoulière de mon sac à l'épaule, fermement résolue à ne pas céder.

Rien dans mes lectures de Nancy Drew ne m'avait donné la moindre indication sur la façon dont on devait s'y prendre pour filer l'époux de sa propre sœur. Hal me reconnaîtrait fatalement, dès qu'il m'apercevrait. Mon premier mouvement fut donc de tenter l'entreprise à bord d'une voiture où, avec un peu de chance, il ne me repérerait pas. Raison pour laquelle j'étais garée en ce moment même devant une borne hydraulique, face à l'entrée du parking souterrain de l'immeuble de Cone, Oakes, etc. J'avais laissé tourner mon moulin. L'un des nombreux avantages dont bénéficiaient les associés de Hal était la jouissance d'un box gratuit dans ce parking et, s'il trompait effectivement Elizabeth, Hal se rendrait probablement en voiture à son rendez-vous galant. Je n'étais pas persuadée qu'il la trompait et les certitudes d'Elizabeth sont si souvent mal fondées que je ne me fiais guère à la dernière. D'un autre côté, lorsqu'on est marié à une Elizabeth, pourquoi se priverait-on de la tromper ?

Assise à la place du passager, Rosie scrutait l'extérieur par le déflecteur, sur le qui-vive, guettant l'apparition d'un chien un peu bizarre qu'elle pourrait copieusement abreuver de grondements. Mes résolutions sont parfois fragiles.

À midi cinq, la Lexus gris argent de Hal apparut à la sortie du parking. Elizabeth m'avait donné son numéro d'immatriculation. Il glissa sa carte d'accès dans la fente, la barrière se leva, il s'éloigna et prit à gauche dans State Street.

C'était plus facile que ça n'aurait dû l'être. Hal sortit de la ville par la Mass Pike, talonné par Rosie et moi et, une demi-heure plus tard, nous entrions dans Weston.

— Peut-être rentre-t-il tout simplement chez lui, confiai-je à Rosie.

Mais ce n'était pas le cas. Il sortit de Post Road environ trois kilomètres après leur domicile et s'engagea dans l'allée d'une grande demeure coloniale jaune. Je poursuivis mon chemin et, en passant devant le portail, je vis se relever la porte d'un garage conçu pour deux voitures, puis la Lexus de Hal occuper le créneau vide, à côté de ce qui, à la faveur d'un bref coup d'œil, me parut une Miata verte. Je fis demi-tour dans un virage et me garai aussi loin que possible dans la courbe, là d'où je pouvais encore voir la maison.

— S'il était passé voir un client, dis-je à Rosie, il

n'aurait pas détenu la télécommande du garage et n'y serait pas entré en refermant la porte derrière lui.

Rosie ne laissa voir par aucun signe qu'elle ne se rangeait pas à mon avis. D'un autre côté, rien en elle ne trahissait qu'elle m'avait entendue. Elle contemplait intensément le déflecteur. Un écureuil passerait peut-être, sinon un chien, et elle pourrait alors se projeter contre les vitres de la voiture, en grondant, grognant et aboyant.

— Il faut que je les prenne en flagrant délit, marmottai-je. Que je les photographie.

Rosie restait à l'affût des écureuils.

Hal avait d'excellentes raisons d'être un connard. C'était un fils à papa, un enfant unique aux parents indulgents. Il était passé par Dartmouth et Harvard et était devenu, assez tôt pour son âge, l'associé à part entière d'un des plus gros cabinets d'avocats de la ville. Néanmoins, et inexplicablement, ce n'en était pas un. Je l'aimais bien et je m'étais toujours demandé ce qui l'avait poussé à épouser Elizabeth.

— Non ! m'exclamai-je.

Rosie me fixa d'un œil étonné.

— Pas toi, mon petit pétunia, déclarai-je. C'est à moi que je m'adressais.

Si elle l'avait pu, Rosie aurait haussé les épaules.

Je restai planquée dans ma voiture et, à 15 h 40 environ, la porte du garage se releva. La Lexus de Hal remonta l'allée en marche arrière et s'éloigna. Je lui laissai quelques secondes d'avance. Dès qu'il disparut hors de vue, je me garai à mon tour dans l'allée. J'entrebâillai toutes les vitres pour permettre à Rosie de respirer, je descendis de voiture, verrouillai les portières et me dirigeai vers l'entrée. Le nom inscrit sur la boîte aux lettres était Simpson. Je sonnai.

Au bout de deux minutes, délai passablement longuet lorsqu'on poireaute devant une porte d'entrée, une femme vint m'ouvrir, vêtue d'un T-shirt blanc qui pendait sur son jean. Elle était pieds nus, démaquillée et coiffée à l'as de pique, comme si elle avait vaguement essayé, sans trop insister, de se démêler les cheveux.

– Vous êtes bien Nancy Simpson ?

– Oui.

– Je m'appelle Sunny Randall, me présentai-je en lui tendant une de mes cartes. Je suis détective privé. Et je suis également la belle-sœur de Hal.

Elle prit ma carte et la regarda sans la lire.

– Hal Reagan ?

– Oui. Il sort à peine d'ici.

– Je ne souhaite pas poursuivre cette conversation, déclara-t-elle en fermant la porte.

Je pouvais difficilement m'opposer à cette fin de non-recevoir.

3

De retour dans mon loft, je travaillais au fond de ma toile en cours lorsqu'on sonna à la porte. C'était Hal Regan.

— Je peux savoir ce qui se passe, Sunny ?

— Toi, tu as parlé à Nancy.

— Tu m'as suivie jusque-là ?

— Oui.

Rosie descendit de mon lit comme une flèche et se mit à batifoler autour de lui. Hal se baissa pour la caresser, mais sans grande conviction. Il avait la tête ailleurs.

— Tu n'aurais pas quelque chose à boire ? demanda-t-il.

— Bien sûr.

— Bourbon... Glaçons.

Je lui en confectionnai un et me servis un verre de vin. Nous nous assîmes au comptoir de la cuisine.

— C'est une cliente, Sunny.

— Non, Hal, ce n'en est pas une. Tu le sais aussi bien que moi.

— Tu ne peux pas prouver le contraire.

— Si, ai-je rétorqué. Ce n'est qu'une simple question de temps, et d'obstination.

Il but un peu de son bourbon.

– C'est Elizabeth qui t'a mise sur l'affaire ?

– Oui.

Hal avait fait partie de l'équipe de lacrosse de Darmouth et il avait conservé un port athlétique. Il avait un début de calvitie et sa courte coupe de cheveux ne cherchait aucunement à le dissimuler. C'était ce que j'aimais bien chez lui. Son costume était onéreux, son eau de Cologne d'excellente qualité. Il portait une Rolex au poignet.

– Pourquoi fallait-il que tu parles à Nancy ? demanda-t-il.

– Je devais m'assurer qu'une femme habitait cette maison. Je savais qu'en me présentant à elle, elle te téléphonerait... et que tu te pointerais chez moi.

– C'est ce qu'elle a fait et c'est ce que j'ai fait, reconnut-il. Tu l'as dit à Elizabeth ?

– Non.

– Pourquoi ?

– Je voulais entendre d'abord ce que tu avais à dire.

– Est-ce vraiment important ?

– Si ça ne l'était pas, je n'aurais pas attendu.

– Tu connais Elizabeth, non ?

– Depuis toute petite.

– Tu aimerais être mariée avec elle ?

– Non. C'est une des raisons pour lesquelles je ne l'ai pas épousée.

– Moi, si.

– Eh, oui.

Hal inspira une goulée d'air et l'expira lentement.

– C'était une erreur, lâcha-t-il.

– Et ?

– Et quoi ?

– En ce qui concerne Nancy ?

– Ohh, fit Hal.

– Ohh quoi ?

— Je ne sais trop que dire.

— Eh bien... Est-ce quelqu'un à qui tu tiens ?

— Oui.

— Tu pourrais demander le divorce.

— Seigneur Dieu !

— Tu pourrais t'installer ailleurs et laisser à ton avocat le soin de lui apporter les papiers.

— Je ne peux pas faire ça, Sunny. Nous sommes mariés depuis dix-sept ans.

— Ou bien poursuivre sur ta lancée, continuer de la tromper dans sa ville natale, à trois kilomètres de chez elle, jusqu'à ce qu'elle te prenne sur le fait.

— C'est chose faite, si j'ai bien compris.

— Elle croit que tu as une liaison, mais c'est moi qui t'ai pris sur le fait.

— Et tu vas le lui répéter.

— J'essaie précisément d'en décider en ce moment même, répondis-je. Qu'aimerais-tu que je fasse ?

— Je n'en sais rien.

— Ce statu quo te convient-il ?

— Seigneur, non ! Pourquoi me conviendrait-il ?

— Il te permet de châtier ta femme sans avoir à la quitter.

— Tu crois vraiment que Nancy ne représente que ça pour moi ? Un moyen de punir ma femme ?

Je haussai les épaules.

— Je tiens à Nancy, reprit-il.

— Pas suffisamment pour quitter Elizabeth.

— Bon, je ne peux tout bonnement pas la plaq...

— Pourquoi pas ?

Il secoua la tête. J'attendis. Il recommença.

— Ça me paraît une telle montagne, déclara-t-il.

— Super.

— Je crois que... tu devrais réagir comme si... comme si Elizabeth n'était pas ta sœur.

— C'est effectivement ce que je devrais faire, affirmai-je. L'un des avantages à être son propre patron, c'est qu'on peut s'efforcer de faire les choses correctement, du moins lorsqu'on y tient.

Hal secoua derechef la tête.

– Elizabeth ne pourrait pas en dire autant, déclara-t-il. Et si tu le lui répétais, elle ne comprendrait pas.

Je m'abstins de tout commentaire. Rosie était assise à mes pieds, mesmérisée par l'éventualité, médiocre mais toujours concevable, que nous pourrions passer de l'apéro au dîner.

– Elle n'a probablement jamais songé, de toute son existence, à faire les choses convenablement, poursuivit Hal. À quarante ans, elle jauge encore les gens à la fac qu'ils ont fréquentée.

– Et pas très charitablement, renchéris-je.

– La reine du plantage.

– Je sais.

– Elle n'apprécie une toile que lorsque le guide d'un quelconque musée lui a affirmé qu'elle était bonne.

– Hal, je connais aussi bien que toi les travers d'Elizabeth. Et je suis toute disposée à convenir qu'ils sont nombreux. Mais pas à t'écouter les énumérer. D'accord ?

– Même toi, tu ne l'aimes pas.

– Ça n'a rien à voir, répliquai-je. La famille reste la famille.

Il hocha lentement la tête, plus pour sa gouverne que pour moi.

– Je ne sais pas quoi faire, répéta-t-il.

– Te sens-tu prêt à rentrer chez toi avec Elizabeth et à redevenir monogame ?

– Non.

– À écouter les conseils d'un tiers ? D'un professionnel ? Je pourrais demander à Julie son arbitrage.

– Non.

– À dire à Elizabeth que tu envisages de la quitter ?

— Je ne peux pas.

— On pourrait le lui annoncer ensemble, ajoutai-je.

— Comment ferait-on ?

— Je pourrais lui téléphoner, par exemple, et lui demander de passer ici.

— Dieu du ciel !

— Ou bien encore, je pourrais lui rapporter mes observations et vous laisser ensuite régler vos comptes en tête-à-tête.

— Ce serait en pure perte. Tu sais comment elle est. Bon sang, je ne l'aime même pas !

— Je viens de t'exposer tous les choix qui s'offrent à toi, Hal. Soit tu prends un parti, soit je le prends à ta place.

— Seigneur, tu es glaçante. Aussi froide que ton vieux.

— Tu voulais te faire prendre, affirmai-je. C'est fait. À toi de jouer, maintenant.

Rosie se releva brusquement pour contourner ma chaise. La tension qui vibrait dans nos voix la rendait nerveuse. Je tendis la main pour la tapoter et elle posa ses pattes avant sur le barreau du tabouret, puis se dressa sur ses pattes arrière pour que je puisse la réconforter d'une caresse. Hal respirait très fort. J'ai patienté. Il continuait d'hyperventiler. J'attendis encore un peu. Il avala une grande goulée d'air et la recracha, accompagnée d'une espèce de reniflement exaspéré.

— Appelle-la, déclara-t-il finalement. Dis-lui de venir.

4

Dès qu'Elizabeth entra dans mon loft et aperçut Hal, son visage se crispa. Bien entendu, Rosie m'avait accompagnée jusqu'à l'entrée et, constatant qu'il ne s'agissait que d'Elizabeth, se contenta – contrairement à ses habitudes – d'un petit frétillement désinvolte de la queue. Ma sœur l'ignora souverainement. Rosie ne semblait pas s'attendre à plus de sa part et regagna l'autre bout du loft, où elle grimpa sur mon lit.

— Qu'est-ce qu'il fiche ici ? s'enquit Elizabeth.

— Je rends visite à ma belle-sœur, répondit Hal. Ça te pose un problème ?

— Tu veux du café ? demandai-je.

— Non. Qu'est-ce qu'il fiche ici ?

— Je dois te faire mon rapport et je me suis dit que vous devriez peut-être l'entendre tous les deux.

— Ton rapport ?

— Oui. Tu m'as priée d'enquêter sur ton mari. Je l'ai fait. Je vais maintenant t'en révéler les conclusions.

— Eh bien, pour l'amour de Dieu, l'as-tu oui ou non pris sur le fait ?

— Tu as quelque chose à répondre, Hal ? demandai-je.

Les mains de Hal étaient crispées devant lui sur le comptoir. Il les fixa un instant puis releva les yeux et fixa Elizabeth sans ciller.

– Elle m'a pris sur le fait, déclara-t-il.

– Que veux-tu dire ?

– Qu'elle m'a pris sur le fait. Avec une autre femme.

Elizabeth avança de quelques pas.

– Qui ? demanda-t-elle.

– Personne de ta connaissance.

– Qu'est-ce que vous faisiez ?

– Je t'en prie, Elizabeth...

Elle se laissa brutalement tomber sur une chaise, devant la table de la cuisine, et fondit en larmes.

– Comment as-tu pu me faire ça ?

– Pour l'amour du ciel, Elizabeth... il ne s'agit pas que de toi.

– Tu l'aimes ?

– Je...

– L'aimes-tu ?

– Je n'en sais rien.

Les poings serrés d'Elizabeth reposaient sur ses cuisses. Elle se mit à marteler lentement ses jambes.

– Dieu te maudisse ! s'exclama-t-elle. Dieu te maudisse ! Dieu te maudisse !

– Il faut qu'on parle, Elizabeth.

Elle pleurait à présent à chaudes larmes, la tête baissée et les yeux mi-clos, en tambourinant de ses deux poings le haut de ses cuisses, sur un rythme régulier.

– Il faut qu'on parle, répéta Hal.

Elle secoua la tête.

– Elizabeth...

– Va-t'en. Éloigne-toi de moi.

Hal s'était levé. Il la contempla un instant puis secoua la tête.

– Fais chier, marmonna-t-il.

Et il sortit de mon loft.

Elizabeth releva la tête au moment où il fermait la porte derrière lui, et ses sanglots se muèrent en une longue plainte. À l'autre bout de la pièce, Rosie lécha fébrilement sa truffe. Je descendis du tabouret du comptoir et allai m'asseoir à la table, face à ma sœur. Je ne savais pas quoi dire. Elizabeth continuait de gémir. J'aurais aimé partager son chagrin. La rivalité entre sœurs est sans doute profondément enracinée. À moins qu'il n'y eût dans son affliction un peu trop d'exaspérant apitoiement sur soi-même. Une chose était sûre : notre rupture – à Richard et à moi – s'était passée de façon autrement élégante. Je restai coite. Elle cessa de gémir au bout d'un moment et me regarda droit dans les yeux.

– Eh bien, je suppose que ça te fait plaisir de voir ta grande sœur humiliée de la sorte.

– Non. Aucun plaisir.

– Qu'est-ce que je vais devenir ?

– Tu peux sûrement reprendre la haute main sur ce qui va t'arriver, répondis-je.

– La haute main ? Comment voudrais-tu que je le contrôle, *lui* ? Comment contrôler ce que font les autres ?

– Contrôler au moins tes réactions.

– Tu es mal placée pour me faire un sermon, toi qui n'as pas su garder ton mari.

– Je ne suis pas persuadée que ce soit le fond du problème, déclarai-je.

– Épargne-moi ces conneries. Tu sais comme moi où se trouve le fric : si tu veux du pognon, il ne te reste qu'à te dénicher un mec.

Je jetai un coup d'œil vers Rosie, au fond de la pièce. Depuis que le lamento avait pris fin, elle s'était étendue sur le flanc, les yeux mi-clos, les pattes en l'air et la pointe de la langue dardée. Je l'enviais.

– Tu veux t'installer ici quelque temps ? demandai-je.

– Avec toi ? Ici ? Où veux-tu que je dorme ?

– Le clic-clac se déplie.

– Le divan ? Je t'en prie.

– Juste au cas où tu n'aurais pas envie de te retrouver toute seule.

– Ce salaud ne me virera jamais de chez moi, vitupéra-t-elle.

Je hochai la tête.

– Quand nous avons rompu, Richie et moi, je me suis rendu compte qu'il pouvait être réconfortant de parler avec un psychiatre, Elizabeth.

Elle se leva tout à trac et prit la direction de la porte.

– Eh bien, Dieu merci, je ne suis pas toi.

Un des rares faits sur lesquels nous tombions d'accord.

5

Il était 11 h 05 et j'étais assise à la table du fond du restaurant de Spike, à proximité de Quincy Market, en compagnie de ce dernier et d'une femme du nom de May Lou Goddard, à qui il venait de me présenter. Mis à part une serveuse solitaire qui, installée à une table dressée contre la paroi opposée, buvait du café et fumait une cigarette en lisant *Vogue*, il n'y avait que nous dans la salle. L'un des nombreux panneaux annonçant MERCI DE NE PAS FUMER était accroché au mur juste au-dessus de sa tête.

— Et la serveuse ? demandai-je à Spike.

— Une seule me suffit avant midi.

— Elle est en train de fumer.

— Oh, tu fais allusion au panneau MERCI DE NE PAS FUMER ? Ça ne concerne que les clients.

— Que sommes-nous d'autre ?

— Des invités de la direction, déclara-t-il. Exposez-lui votre problème, Mary Lou.

Mary Lou avait une cinquantaine d'années, les cheveux gris coupés court et le visage carré. Elle portait un bonnet noir tiré sur les oreilles et un pull noir à col roulé. Elle donnait l'impression d'avoir passé sa vie à lire Proust en fumant des Gauloises. Sans apprécier ni l'un ni l'autre. Elle me reluquait comme si elle ne m'appréciait guère plus.

– Ne te préoccupe pas de l'apparence de Sunny, la prévint Spike. Elle est déguisée en Meg Ryan, aujourd'hui.

– Qui est Meg Ryan ? s'enquit Mary Lou.

Deux couples entrèrent dans le restaurant et pilèrent sur le seuil, pleins d'espoir, devant le comptoir de l'hôtesse d'accueil. L'un des hommes avait un appareil de photo de 35 mm suspendu à son épaule dans un étui en cuir noir.

– Excusez-moi, fit Spike.

Il se leva, se dirigea vers l'entrée et prit quatre menus dans le râtelier.

– Quatre, pour déjeuner, annonça l'homme à l'appareil.

– Vous avez réservé ? demanda poliment Spike.

L'homme à l'appareil balaya du regard la salle déserte.

– On aurait dû ?

– C'est généralement conseillé. Laissez-moi une petite minute. Je vais voir ce que je peux faire.

Il s'affaira un instant dans la salle en inspectant les tables, puis les fit asseoir à la première table près de l'entrée, posa les menus devant eux et nous rejoignit en vitesse.

En passant près de la serveuse, il pianota sur la table. La fille hocha la tête, soupira, corna sa page, planta sa cigarette allumée dans sa tasse de café et alla prendre les commandes.

– Vous lui avez raconté votre histoire ? demanda-t-il à Mary Lou en s'asseyant.

Elle secoua la tête.

– Nous étions trop fascinées par la grâce avec

laquelle tu charmais tes clients, répondis-je. Ils en sont tous restés muets.

— Je déteste les clients, fit Spike. Mary Lou a besoin qu'on l'aide.

— Je sais parler, intervint Mary Lou.

— Ravi de l'apprendre, dit Spike en se tournant vers moi.

— Je suis la PDG d'une agence qui s'appelle *Des Pas de Géantes.* Nous prodiguons conseils et consultations dans une perspective féministe.

— Pourriez-vous m'en dire plus ?

— Bien sûr. Nous conseillons les entreprises américaines, identifions les problèmes liés à la discrimination sexuelle et suggérons des solutions. Nous faisons simultanément office de documentalistes auprès des cabinets juridiques et de supports de recherche aux secteurs public et privé.

— Girls R Us[1], laissai-je tomber.

Mary Lou me regarda, visage de marbre. Spike sourit.

— Vous voyez, j'avais raison de dire que vous vous entendriez, ironisa-t-il.

— Je ne supporte pas les plaisanteries, fit Mary Lou. (Elle jeta un regard sur Rosie, qui mastiquait bruyamment son os à moelle.) Pas plus, d'ailleurs, que les chiens.

— On peut éliminer les plaisanteries, affirmai-je. La chienne, elle, fait partie de la famille.

Elle fit une moue comme si elle s'y était attendue.

— On me file. Mes bureaux ont été saccagés la semaine dernière. On a laissé des menaces sur mon répondeur téléphonique.

— Disant ?

1. *Les Filles, c'est nous.* Jeu de mots sur l'appellation de la célèbre chaîne de jouets *Toys R Us* (Les jouets, c'est nous).

— Qu'on allait me tuer. En très virulents clichés sexistes.

— Une voix mâle ? demandai-je.

Mary Lou afficha une expression abasourdie.

— Bien entendu, répondit-elle.

Rosie avait fini de ronger son os ; elle se dressa sur ses pattes arrière et posa les deux autres sur la chaise de Spike. Il se pencha, la ramassa et la posa sur ses genoux. Elle haletait doucement, la gueule béante et la langue pendante.

— Est-ce vraiment nécessaire, Spike ? questionna Mary Lou.

— Ouaip.

— Et qu'attendez-vous de moi ? m'enquis-je.

— Que vous me protégiez. Que vous mettiez un terme à ce harcèlement.

— Pourquoi ne pas demander aux flics de délivrer un mandat d'amener ?

— Je ne souhaite pas livrer ma vie privée à la curiosité du public.

— Vous savez donc de qui il s'agit ?

— Qu'est-ce que ça changerait ?

— Eh bien, ce n'est pas dans mes habitudes, mais je pourrais sans doute dénicher deux gros bras pour intimider votre persécuteur.

— Spike m'a déjà suggéré cette solution, répondit Mary Lou. J'exècre la violence et je ne permettrai certainement pas à des mâles de me secourir.

Rosie se tourna sur les genoux de Spike et lui lécha le nez.

— Il me faut un garde du corps, poursuivit Mary Lou. Vous m'avez été recommandée par Spike.

— Vous m'en voyez flattée, mais je n'en ai pas les moyens.

— L'argent n'est pas un problème.

— J'en suis ravie, fis-je. Mais je travaille essentiellement seule. Je ne suffirais pas à mener à bien une telle mission de protection.

— Ne pourriez-vous pas engager des gens ?

— Pas des femmes.

— Je ne veux pas d'hommes.

— Certains hommes pourraient vous protéger, sans pour autant faire violence à votre conscience, fis-je remarquer.

— Je ne peux pas engager d'hommes.

— Pas même une tapette un peu coriace ? demanda Spike.

Mary Lou secoua la tête. Spike sourit. Je restai coite. Au fil des années, j'ai fini par découvrir un bon moyen de ne pas passer pour une bille.

— Pouvez-vous m'aider ? questionna Mary Lou.

— Je n'en sais rien, répondis-je. Seule, je ne ferais pas du bon travail.

Tout le monde se tut. Rosie avait cessé de lécher Spike. Elle posa ses pattes sur la table puis le museau dessus, et se mit à ronfler doucement.

— Je n'ai personne vers qui me tourner, déclara finalement Mary Lou.

Je n'aimais pas beaucoup Mary Lou. Elle faisait preuve de la même étroite certitude morale que ma mère. Elle ne me trouvait pas drôle. Et elle n'aimait pas Rosie.

— Je ne connais personne, répéta-t-elle.

Elle chevrotait légèrement.

— Comment est la surveillance dans vos bureaux ? demandai-je.

— Assez bonne de jour. Il y a un vigile dans le hall et mon équipe se compose de quinze personnes.

— Toutes des femmes ?

— Évidemment.

— Et chez vous ?

— Je vis dans un immeuble en copropriété. Sécurisé.

– À quel étage ?
– Cinquième.
– Combien votre immeuble en comporte-t-il ?
– Dix.
Je hochai la tête.
– Pouvez-vous m'aider ?
Je m'écoutai respirer pendant une bonne minute puis je regardai Spike. Il souriait.
– C'est juste pour vous allumer, Mary Lou, lui dit-il. Elle a trop bon cœur pour vous envoyer rebondir.
– Il dit vrai ? me demanda-t-elle.
– Oui, répondis-je.

6

Julie, mon amie d'enfance, avait un mari, deux enfants et une maîtrise en sciences sociales. Elle donnait des consultations de psychothérapie dans un petit cabinet, au sous-sol d'un immeuble de bureaux et de rapport de Mt. Auburn Street, à Cambridge, activité qui lui rapportait à peine de quoi payer la nourrice. Depuis que je m'étais séparée de Richie, Julie et moi déjeunions ensemble deux fois par semaine, d'ordinaire le mardi et le mercredi, souvent au Casablanca, parfois au Harvest, établissements sis tous les deux sur le trottoir d'en face, en remontant une petite ruelle partant de son immeuble. Nous avions pris ce pli à l'époque de ma rupture, sans doute parce que nous pensions l'une et l'autre qu'elle pourrait me prodiguer son assistance professionnelle. Nous avons vite compris qu'il n'en était rien et je me suis adressée à un psychothérapeute qui en était capable.

Mais nous continuions de nous retrouver : d'abord, nous nous aimions beaucoup ; ensuite, le dialogue avec une autre femme, une amie depuis toujours, est en soi une forme de thérapie, même s'il m'arrive parfois, en présence de Julie, de me trouver plus thérapeute que patiente.

Julie prit un verre de vin en guise d'apéritif et moi un Perrier. J'ai tendance à m'assoupir quand je bois à midi.

— Comment va Richie ? me demanda-t-elle.

— Te rends-tu compte que c'est toujours la première question que tu me poses ?

— C'est toujours celle qui me vient à l'esprit en premier, répondit-elle.

— Peut-être au tien, mais pas au mien.

— Non ?

Je gardai le silence. Julie sourit.

— Si, reconnut-elle.

— Richie va bien.

— Il fréquente quelqu'un ?

— Je ne le lui ai pas demandé.

— Pour l'amour du ciel... C'est inhumain.

— Il ne me le demande pas non plus.

— C'est le cas ?

— Tu veux savoir si je fréquente quelqu'un ?

— Oui.

— Tu serais la première à l'apprendre.

— C'est ce que tu prétends. Mais tu as couché pendant des semaines avec ce flic, Brian, sans m'en parler.

— J'avais oublié.

— Tu le vois encore ?

Je secouai la tête.

— Il exigeait bien plus que je n'avais à lui offrir, expliquai-je.

— Toujours Richie ?

— Oui.

— Il serait peut-être temps de couper le cordon.

— Il me semble que c'est chose faite. Nous nous efforçons à présent de nous voir sur un mode différent.

— Seigneur, Sunny ! Quelle fille obstinée tu fais !

— Femme, rectifiai-je.

Julie me dévisagea.

— Tu ne vas pas me faire le coup du « politiquement correct », au moins ? Pas à moi.

— J'ai accepté une nouvelle cliente. Une féministe professionnelle. Et elle m'a dessillé les yeux.

— Une féministe *professionnelle* ?

Je lui parlai de Mary Lou.

— Wouah, envoie-la-moi !

— Et j'adresse la facture à Michael ? proposai-je.

— Exactement. C'est une lesbienne ?

— Je n'en sais rien.

Julie commanda un deuxième verre de vin.

— Comment se fait-il que Spike la connaisse ?

— Comment se fait-il qu'il connaisse tout le monde ? J'ai parfois l'impression que si j'avais besoin d'un joueur de flûte pour charmer un cobra, Spike en connaîtrait un.

— Alors, comment comptes-tu t'y prendre, toute seule, pour la protéger ?

— En allant la chercher chez elle pour l'escorter jusqu'à son bureau, en venant la prendre à la fin de sa journée de travail pour la ramener à son domicile et l'y laisser ensuite. Si jamais elle doit sortir le soir ou pour affaires, elle me le fait savoir et je l'accompagne.

— Tu crois que c'est sérieux ? demanda Julie.

— J'essaie de m'en persuader.

— Bien entendu. Mais si ça l'est, te sens-tu capable de la protéger seule ?

— Non.

— Richie ne pourrait-il pas te trouver quelqu'un ?

— Il faudrait que ce soit une femme.

— Et on ne trouve pas de femmes efficaces ?

— Une femme qui sache tirer...

— Oh ! s'exclama Julie avant de siroter une gorgée de son vin blanc. C'est donc là que le bât blesse.

Je n'avais jamais vu Julie boire dans la journée. D'habitude, elle donne ses consultations l'après-midi.

— Tout va bien, pour toi ? demandai-je.

— Bien sûr. Peut-être légèrement stressée, mais ne le sommes-nous pas toutes ?

— Les enfants ? m'enquis-je. Michael ? Tes patients ?

Julie but une autre gorgée de vin.

— Toutes les mères d'enfants en bas âge sont timbrées, laissa-t-elle tomber. Tu le sais parfaitement.

— Pas les pères ?

— Les mères d'enfants en bas âge font probablement tourner leur mari en bourrique.

— Tu fais tourner Michael en bourrique ?

— Mademoiselle la détective Sunny Randall. Je joue simplement avec les mots. Nous allons tous parfaitement bien.

— *Madame* la détective, rectifiai-je.

Julie éclata de rire. Je l'imitai.

— Fais bien attention à toi. Tu finiras bientôt par oublier de te maquiller, à force de fréquenter *Des Pas de Géantes.*

— Sûrement pas pour mes rendez-vous galants, en tout cas, ai-je rétorqué.

7

Je roulais cette année-là dans un break Subaru vert forêt, et Rosie patientait avec moi, à l'intérieur, devant l'immeuble de Mary Lou Goddard, à Chestunt Hill par une belle journée de novembre, trop froide et dépourvue de feuilles, certes, pour qu'on pût encore parler d'automne, néanmoins gaie et ensoleillée. Je n'étais pas garée depuis deux minutes que Mary Lou émergeait de son immeuble, vêtue d'un manteau en drap bleu, d'un pull à col cheminée blanc et d'énormes lunettes de soleil. Elle était loin d'être aussi pimpante que moi. Je portais des bottines, un pantalon noir du dernier chic, ainsi qu'un pull noir à col châle et de ravissants bijoux d'argent. Mon revolver était dans mon sac et ma coiffure impeccable, ou presque : blonde naturelle, avec quelques mèches plus claires. Je sortais de chez le coiffeur. Je lui mettais grosso modo cent longueurs dans la vue. Elle avait un attaché-case en bandoulière et paraissait très pressée. Elle contourna ma voiture pour aller s'asseoir, ouvrit la portière et se retrouva nez à nez avec Rosie, assise à la place du mort. Mary Lou lui fit signe de dégager.

— Ouste ! Sur la banquette arrière ! Décampe !

— Passe derrière, Rosie, l'exhortai-je.

Elle se faufila entre les sièges et alla s'installer à l'arrière.

Mary Lou épousseta le siège avant de grimper dans la voiture.

— J'aimerais autant que votre chien ne nous accompagne pas, déclara-t-elle.

— Elle adore les promenades en voiture.

Mary Lou referma la portière et nous démarrâmes. Les pattes avant de Rosie reposaient sur l'accoudoir, entre les deux sièges de devant, ses pattes arrière sur la banquette, et elle regardait défiler le paysage derrière le pare-brise. Mary Lou se rencogna le plus loin possible en fronçant les sourcils. Rosie l'ignora.

— Tant que vous resterez mon employée, reprit Mary Lou, j'apprécierais que vous laissiez votre chienne chez vous.

J'inspectais les environs des yeux, consultant les rétroviseurs et m'efforçant de regarder dans toutes les directions à la fois. Lorsqu'on fait fonction de garde du corps, il ne faut jamais partir du principe que tout danger est écarté.

— M'aimer, c'est aimer ma chienne, répliquai-je.

— Est-ce à dire qu'en vous embauchant je dois absolument m'appuyer ce chien ?

— Oui, m'dame.

Elle y réfléchit un instant et parvint apparemment à une conclusion.

— Est-ce un fusil que j'aperçois sur la banquette arrière ?

— Non. Une carabine.

— Votre bête ne risque-t-elle pas de la faire partir par mégarde ?

— Il n'y a pas de cartouche dans la chambre, répondis-je.

— Je ne comprends pas ce que cela signifie.

— Il y a bien des cartouches dans ce tube, là, sous le canon, mais aucune n'est insérée dans la chambre, d'où on les tire. Pour tirer, je dois en faire monter une dans la chambre au moyen de cette poignée de bois, sur le devant. La cartouche se met alors en place et la carabine est armée.

— Si je comprends bien, cette arme est inoffensive tant que vous n'avez pas procédé à cette manœuvre ?

— Pour le moins.

— Disposez-vous d'une autre arme ?

— Oui. Je porte un revolver.

— Actuellement ?

— Oui.

Une berline Pontiac marron nous suivait depuis notre départ de chez Mary Lou. Arrivée à Brookline, je pris à gauche aux feux rouges pour remonter Chestnut Hill Avenue. La Pontiac continua tout droit. Je gravis la côte jusqu'au rond-point de Cleveland, puis je tournai à droite sur Beacon Street et j'entrai en ville par cet itinéraire. Rien d'autre ne m'avait inquiétée.

— Pourquoi avez-vous pris cette route ? me demanda Mary Lou.

— Je voulais m'assurer que personne ne nous filait.

— Vous aviez repéré quelqu'un ?

— Non. Simple mesure de précaution.

Mary Lou hocha la tête. Pour approuver ma prudence, sans doute.

— Comment la jeune femme que vous êtes est-elle devenue une... euh... un agent de sécurité ?

— En réalité, je suis détective privé, répondis-je. Mon père était policier. J'ai appartenu quelque temps aux forces de l'ordre, puis j'ai décidé de me mettre à mon compte.

— Une femme doit sûrement passer de sales quarts d'heure, dans la police, fit-elle observer.

— C'est un corps à haute concentration de testostérone, admis-je. Et j'imagine que les jugements qu'on portait sur mon compte étaient plus souvent basés sur mon appartenance au sexe faible que sur mes performances personnelles. Mais ce n'était pas mon sexe qui posait problème. Je suis manifestement incapable de travailler sous les ordres d'un tiers.

– Ne travaillez-vous pas pour moi actuellement ?

– Non. Pour moi.

– S'il en est ainsi, comment puis-je me fier à vous ?

– Parce que je suis fiable.

Elle me scruta longuement. Rosie haletait doucement entre nous, la gueule ouverte et la langue pendante. Elle donnait l'impression de sourire largement, mais ce n'était sans doute que projection anthropomorphique.

Je repérai de nouveau la Pontiac sur Harvard Street. Elle stationnait au point mort près d'une prise d'eau de Beacon Street, juste après le carrefour, et, dès que je la dépassai, le conducteur se glissa dans la file derrière moi. Il avait dû rouler comme un dingue lorsque j'avais bifurqué sur Chesnut Hill Avenue, parce que Harvard Street est en sens unique. Il me colla tout le long de Beacon Street, jusqu'à Kenmore où nous avons zigzagué sur Commonwealth avant de foncer vers le centre-ville. Peut-être n'était-il pas aussi maladroit que je le croyais ? Peut-être tenait-il au contraire à se faire repérer, pour que Mary Lou sache qu'elle était suivie ? Mais en ce cas, pourquoi nous avoir laissé filer lorsque j'avais emprunté la 9 ? Peut-être était-il irrésolu ? Peut-être ignorai-je certaines choses que j'aurais dû savoir ?

J'y voyais assez distinctement dans le rétroviseur pour savoir que le conducteur était un homme, et déchiffrer son numéro d'immatriculation. Mary Lou ne semblait pas avoir remarqué la Pontiac et je ne voyais aucune raison d'y faire allusion pour l'instant.

Ses bureaux étaient sis sur Park Square. Je me garai

devant l'immeuble et elle descendit de voiture. Rosie bondit aussitôt sur le siège avant. Mary Lou laissa la portière ouverte pour me parler, sans même réfléchir à ce qu'il risquait d'arriver si d'aventure Rosie sautait dehors et s'engouffrait dans la circulation. Je la retins par son collier.

— J'y resterai toute la journée. Vous pourrez venir me reprendre à 18 heures.

— Si jamais vous modifiiez vos plans, appelez-moi sur mon portable.

— Je modifie rarement mes plans, déclara-t-elle en claquant la portière.

La Pontiac s'était rangée derrière nous, à un demi-bloc environ. Je l'observai dans mon rétro pendant que Mary Lou traversait le trottoir. Nul geste brusque à l'intérieur. Mary Lou s'engouffra dans son immeuble. Je m'emparai de mon portable et composai le numéro de Marge Quinn, une fille de ma connaissance qui travaillait aux Mines. Elle me pria de la rappeler quelques minutes après. Au moment où je raccrochais, la Pontiac démarra et entreprit de redescendre St. James Avenue. Je lui filai le train.

— Voyons un peu ce qui va se passer, me dis-je.

Rosie s'était laissée glisser au sol, au pied du siège du passager, et gisait là dans une position qui ne devait guère être très confortable. Elle ronflait. Tu parles d'une compagnie ! Je filais encore la Pontiac sur Commonwealth Avenue, en direction de l'ouest, lorsque mon portable sonna.

— Sunny ? C'est Marge. La carte grise de la voiture dont vous m'avez parlé est libellée au nom de Lawrence B. Reeves, de Cambridge.

Elle me donna une adresse sur Brookline Street, laquelle, à ma connaissance, se trouvait près de la berge, de l'autre côté du pont de l'université de Boston. Dix minutes plus tard, nous étions sur place :

c'était une maison de deux étages, hébergeant chacun une famille, aux murs revêtus de contreplaqué jaune et au toit de bardeaux goudronnés, dans les tons beiges. La Pontiac entra dans l'allée et s'y gara. Un homme d'âge moyen et de taille moyenne en émergea, un tantinet trop enveloppé et vêtu d'un complet croisé marron, mal coupé et gansé d'une rayure blanche voyante. Il perdait ses cheveux et portait longs, réunis en un catogan, le peu de tifs qui lui restait. Son nez était chaussé de petites lunettes rondes à monture d'or. Je parquai mon Subaru derrière sa voiture, de façon à bloquer la route, puis je ramassai ma sacoche sur le plancher de la voiture et j'en sortis mon 35 mm, avec son téléobjectif et tout le tralala.

– Je reviens tout de suite, annonçai-je à Rosie en descendant de voiture, mon appareil à la main.

– Monsieur Reeves ! le hélai-je.

Il me reluqua comme si je portais ma tête sous le bras. Je zoomai sur son visage et pris cinq clichés d'affilée.

– Je m'appelle Sunny Randall et je suis détective privé, déclarai-je.

Il entreprit de battre en retraite vers sa maison.

– Pourquoi me photographiez-vous ?

– Vous avez filé ma voiture depuis Chestnut Hill jusqu'à Park Square.

– Je ne sais pas de quoi vous voulez parler, répondit-il. Cessez de me photographier.

Il reculait toujours.

– Vous le savez parfaitement, Lawrence. Vous m'avez même permis de vous semer à Chesnut Hill Avenue, pour me rattraper ensuite au coin de Beacon et Harvard.

– Vous empiétez sur une propriété privée, fit-il observer.

Il avait atteint sa porte d'entrée et commençait à trifouiller dans ses clefs.

— Nous pouvons parler dehors, Lawrence, amicalement et ouvertement... Ou bien je peux revenir avec deux flics et vous interroger de façon plus officielle.

Il s'interrompit pour se tourner vers moi. Son visage était écarlate.

— Espèce de salope !

— Ah ! Voilà qui est mieux ! Ça fait un bien fou de pouvoir échanger des idées.

Un râteau était adossé au flanc de la maison, près de la porte. Il s'en empara, tenant toujours ses clefs de la main gauche, le petit doigt passé dans l'anneau du trousseau.

— Je vais vous frapper, menaça-t-il.

— Wouah, vous ne m'avez pas l'air d'un homme à frapper une fille, Lawrence.

— C'est comme ça qu'il faut traiter les salopes, fit-il en s'avançant d'un pas. J'adore tabasser les pétasses.

J'ai été menacée par un tas de gens, d'apparence autrement terrifiante que Lawrence B. Reeves ; néanmoins, je lui rendais quelque quarante kilos. Et il risquait de m'en cuire, s'il réussissait à me toucher avec son râteau. Je jetai un coup d'œil vers ma voiture ; Rosie, assise à la place du conducteur, ne me quittait pas des yeux. Je laissai tomber mon appareil dans ma poche de veste, je sortis mon automatique et je le braquai sur lui. Il fixa le revolver, bouche bée ; la pointe de sa langue tremblait au-dessus de sa lèvre inférieure.

— Vous énervez ma chienne, fis-je.

— Vous avez un revolver.

— En effet. Et si vous m'y forcez, je vous abattrai avec.

Il lâcha le râteau, qui tomba à terre entre nous.

— Il est chargé ?

– Bien entendu. Vous ne voyez donc pas la tête des balles dans le barillet ?

– Je vais entrer, maintenant, chevrota-t-il.

Il se retourna et inséra maladroitement la clef idoine dans la serrure. Je m'abstins de tirer pour le châtier de son indocilité. Ç'eût été à la fois contre-productif et sans doute illégal. Il ouvrit sa porte, entra et la referma derrière lui. J'entendis tourner le loquet. Je contournai la maison par l'avant et gravis les marches du perron. Il y avait deux portes d'entrée. Son nom – Lawrence B. Reeves – était inscrit sous la sonnette de celle de gauche. Je regagnai ma voiture, j'échangeai un baiser avec Rosie, la repoussai sur le siège du passager et restai un moment assise derrière le volant, à fixer la maison.

S'il m'avait absolument fallu choisir un persécuteur, Lawrence aurait eu ma préférence. Il ne me semblait pas bien dangereux. Exception faite de cette ignoble tonalité sous-jacente, un rien salace, lorsqu'il parlait de « tabasser les pétasses ». Un peu glaçante. C'était peut-être ce qui avait tant effarouché Mary Lou. Dès le début, j'avais subodoré qu'elle connaissait Lawrence. Je le connaissais aussi, à présent, et, incessamment, j'allais le connaître encore mieux. Je me demandais pourquoi elle ne m'en avait rien dit. J'en profitai pour écouter les messages qu'on avait laissés sur mon répondeur. Dont un de Hal Reagan, qui me parut assez désespéré. Je pouvais éventuellement faire un saut jusqu'à son bureau, avant d'aller chercher Mary Lou pour la raccompagner chez elle. Je commençais vaguement à me sentir dans la peau du Docteur Ruth.

8

Je me cantonnai sur la rive côté Cambridge et regagnai le centre-ville en longeant le fleuve, avant de le traverser par le Longfellow Bridge. À 15 heures précises, j'étais assise dans le bureau de Hal, chez Cone, Oakes & Machin, et j'admirais la côte sud de Boston par la baie vitrée. C'était certes un panorama magnifique, mais l'accès en était réservé aux personnes disposées à passer la journée assises dans un bureau du énième étage. Hal, derrière sa table de travail, avait revêtu la tenue intégrale du petit avocat moyen : chemise blanche, col à pointes boutonnées, cravate marron foncé à discret motif doré, larges bretelles marron. Ses boutons de manchette étincelaient de complaisance discrète. Sa veste bleu sombre était bien proprement suspendue à un cintre, au dos de la porte. Dans son bureau et habillé pour la circonstance, il donnait une impression de totale assurance. C'était la première fois que je l'y voyais. Je ne le croisais la plupart du temps que dans son rôle de chef de famille, hors de son élément naturel. En dehors de ses heures de travail, il semblait n'être qu'une partie de lui-même, comme en latence. Ici, dans son bureau, il faisait plus grand, ses vêtements lui allaient mieux, son sourire était plus éclatant, son regard plus perçant.

– Wouah, m'exclamai-je, sachant que c'était ce qu'il souhaitait entendre. On te paie quand même, avec un bureau comme celui-ci ?

– Pas suffisamment. Tu veux un café ? Un jus de fruits ? Un soda ?

– Café. Au lait. Sucré.

Hal se pencha pour parler dans un petit Interphone posé sur son bureau.

– Daisy, apportez-nous deux cafés au lait sucrés, s'il vous plaît. Merci. Il se rejeta en arrière dans son fauteuil en cuir à haut dossier.

– Comment se porte Richie ? me demanda-t-il.

– Bien.

– Vous vous voyez beaucoup ?

– Une fois par semaine.

– Vraiment ?

– Ouaip. Comment se porte Elizabeth ?

Il haussa les épaules. J'attendis. Une fille mince au chignon serré entra dans le bureau, chargée d'un plateau. Elle me sourit, nous servit deux tasses de café, fit passer le lait et le sucre, posa le plateau sur une table basse, devant la baie vitrée qui donnait sur la côte sud, puis ressortit.

– Vous vous entendez bien, Richie et toi ?

– Très bien. Beaucoup mieux qu'aux derniers temps de notre mariage.

– Vous comptez revivre ensemble ?

– Tout dépend de ce qu'on entend par là, déclarai-je. Dans un certain sens, nous sommes déjà ensemble. À mon avis, chacun sait qu'il fait désormais partie intégrante de la vie de l'autre. Nous expérimentons divers scénarios.

– Vraiment ?

– Vraiment.

— Par exemple ?

— Rien qui te regarde, répondis-je. J'imagine que tu ne m'as pas fait venir jusqu'ici pour me parler de Richie ?

— Il m'arrive parfois d'oublier qui tu es, Sunny. (Il souriait.) Je te remercie de me l'avoir rappelé.

— Tu veux qu'on parle d'Elizabeth ?

— Oui.

— Eh bien, parlons-en.

— Elle me file, Sunny, laissa-t-il tomber.

Je rejetai la tête en arrière pour admirer l'élégant plafond de son bureau, et respirer un peu.

— Eh oui. Tout ma sœur aînée.

— Elle me suit quand je vais voir Nancy, débarque ici de temps en temps et rôde près des ascenseurs, dans le hall du rez-de-chaussée.

— Tu as déménagé ?

— Oh que oui, bon Dieu !

— Emménagé avec Nancy ?

— Diable, non !

— Je croyais que tu tenais à elle.

— J'ai cru aussi tenir à Elizabeth, à un moment donné.

— Chat échaudé craint l'eau froide.

— Qu'allons-nous faire à propos d'Elizabeth ?

— Que signifie ce « nous », Visage Pâle ?

— Il faut que tu m'aides, Sunny.

— Hal, tu es un associé à part entière du plus gros cabinet d'avocats de la ville. Fais-toi délivrer une astreinte. Divorce.

— Je suis sorti de chez Nancy avant-hier matin, Sunny, et la voiture d'Elizabeth était garée juste derrière la mienne. Elle n'a pas dit un seul mot. Elle est restée assise au volant sans broncher.

— Esquive.

— Aller dans les motels, tu veux dire ? Faux noms, règlements en liquide, tout ça ?

— Oui.

— Ce n'est pas une vie.

— Les procédures de divorce sont entamées ?

— Je n'en sais sien.

— Tu n'en sais rien ? Hal, avec tout le respect que je te dois, tu es un avocat à coucher dehors. Sans jeu de mots.

— Je comptais la laisser prendre les devants. Je trouvais ça plus... (il haussa les épaules, cherchant ses mots) élégant.

Je le dévisageai.

Il semblait aussi mal à l'aise que l'y autorisaient, dans ce grand bureau, sa chemise blanche amidonnée et ses boutons de manchette.

— Je... j'en sais rien. Je dois me sentir coupable, j'imagine.

— Que veux-tu que je fasse ?

— Tu ne pourrais pas lui parler ?

— Je pense.

— Parce que, tu comprends, tu m'as fourré dans ce...

— D'accord, le coupai-je. Je lui parlerai. Mais nous savons parfaitement, toi et moi, ce qui t'a fourré dans ce pétrin.

Il hocha tristement la tête.

— Avoir laissé ma queue penser à ma place, faut croire.

— Faut croire.

9

Le changement d'heure avait pris effet. Il faisait dorénavant noir plus tôt et je raccompagnai Mary Lou Goddard de son bureau à sa maison. Rosie, à l'arrière, acceptait assez gracieusement son déplacement provisoire. Après un premier aperçu du harceleur de Madame, j'avais décidé que la carabine était inutile, de sorte qu'elle était rangée chez moi dans un placard. Si bien que Rosie avait la banquette arrière pour elle toute seule.

— L'individu qui vous persécute se nomme Lawrence B. Reeves, déclarai-je. Il vit à Cambridge, sur Brookline Street.

— Vous l'avez déjà démasqué ?

— Oui.

— Qu'allez-vous faire ?

— En débattre avec vous.

— Vous lui avez parlé ?

— Oui.

— Qu'est-ce qu'il a dit ?

— Qu'il aimait bien tabasser les pétasses.

Les épaules de Mary Lou se voûtèrent légèrement, comme s'il faisait froid dans la voiture.

— Vous le connaissez, affirmai-je.

Mary Lou parut encore plus frigorifiée.

— Non.

Je gardai le silence. Nous avions pris à l'est sur Mass Pike et nous n'avancions que très lentement, lorsqu'il nous arrivait de rouler.

— Vous en êtes sûre ? insistai-je.

— Je sais faire la différence entre ce que je sais et ce que j'ignore.

— La dernière fois que je vous ai posé la question, vous étiez beaucoup moins péremptoire.

— Je ne vous ai pas engagée pour ergoter avec moi.

— Juste une « chaleur », peut-être ? Un petit coup vite fait, un soir ?

— Je suis lesbienne, Sunny.

— Très bien. Alors pourquoi ce type vous poursuit-il de ses... assiduités ?

— Pourquoi ces pervers le font-ils, en général ? dit Mary Lou. Je suis une personne publique. Qui peut savoir quelle place j'occupe dans sa psyché ?

— Avec tout le respect dû à votre notoriété, Mary Lou, la plupart des personnages publics qui endurent ce genre d'avanie sont nettement plus célèbres que vous.

— Aux yeux du grand public. Pas nécessairement à ceux de ce type.

— Peut-être, admis-je.

— Peut-être est-il opposé à mes conceptions politiques ?

— Bah, inutile d'en discuter, laissai-je tomber. Il me l'apprendra tôt ou tard.

— Non.

— Non ?

— Non. Les gens comme lui cherchent à attirer l'attention sur eux. Mieux vaut le laisser tranquille, à mon avis.

— Et je devrai vous accompagner à votre bureau et vous raccompagner chez vous toute votre vie ?

— Il renoncera peut-être. C'est sans doute déjà le cas. Vous l'avez probablement effrayé.

— Bien sûr, répondis-je. Probablement. Prenez un type affligé d'une obsession compulsive forcenée, parlez-lui entre quatre yeux et cette obsession se dissipera comme par enchantement.

— J'exige que vous lui fichiez la paix, déclara Mary Lou.

J'avais trop longtemps vécu avec ma mère pour croire que la douce persuasion pourrait nous mener quelque part.

— C'est vous le patron, admis-je.

— Tâchez de vous en souvenir.

— Entendu.

Nous gardâmes un instant le silence, le temps d'atteindre le péage au train de l'escargot.

— Avez-vous une « compagne » ? demandai-je.

Je m'étais efforcée de changer de ton, d'imprimer à ma voix celui du bavardage à bâtons rompus.

— Je suis effectivement avec quelqu'un.

— Mais vous n'habitez pas ensemble ?

— Non.

— Wouah. J'aimerais assez la rencontrer, un de ces quatre.

Mary Lou poussa un soupir appuyé.

— Nous n'entretenons pas de relations mondaines, Sunny, déclara-t-elle. Je vous ai embauchée pour me protéger.

— Merci de me le rappeler.

Nous nous tînmes coites tout le long du long trajet jusqu'à chez elle. Dès que Mary Lou descendit de voiture, Rosie vint occuper sa place à l'avant. J'attendis devant l'immeuble qu'elle fût entrée dans le hall, que la porte se fût refermée sur elle avec un déclic et que le concierge fût en vue.

– Si tu veux mon avis, Rosie, Mary Lou nous raconte des craques, lui annonçai-je.

Rosie n'en disconvint pas.

10

Julie et moi avions rendez-vous en fin d'après-midi au bar du Casablanca, sur Harvard Square. Julie avait donné sa dernière consultation de la journée. C'était un vendredi et elle en était à son deuxième verre de chardonnay. Mon premier verre de merlot était encore quasiment plein.

– Deux harceleurs, donc, conclut-elle.

– Dont ma propre sœur, admis-je.

– Tu savais que j'étais fille unique ? me demanda-t-elle.

– Tu as vraiment toutes les veines.

– Qu'est-ce que tu comptes faire, alors ?

– Je me suis dit que j'allais demander l'avis d'un thérapeute confirmé.

– Dans mon genre ?

– Exactement. Que me conseillerais-tu ?

– Je ne donne pas de conseils, rétorqua Julie. J'écoute le patient et je fais « Um hum ».

– Bon, parlons un peu de l'homme qui persécute Mary Lou.

– Um hum.

– À ton avis, ment-elle en affirmant ne pas le connaître ?

– Um hum.

– Tu sais pourquoi ?

– Um hum.

– Quelle chance j'ai d'avoir une interlocutrice telle que toi !

Julie sourit. Elle but le reste de son chardonnay et fit signe au barman.

– Nous savons un certain nombre de choses, affirma-t-elle. Que persécuter les gens *et* volonté de puissance, par exemple, sont intimement liés. Le persécuteur en retire l'impression de contrôler les événements. C'est flagrant quand on les observe. Ils ne peuvent pas s'en empêcher.

– J'avais compris.

– Et je dirais de surcroît que c'est généralement d'origine sexuelle.

– C'est également mon avis, répondis-je.

Le barman apporta un troisième verre de vin à Julie.

– N'oublie pas que je ne suis pas psychiatre, me rappela-t-elle. J'ai une maîtrise en sciences sociales et Dieu sait que je ne suis pas spécialiste des persécuteurs.

– Bon, en ce qui concerne Elizabeth, c'est assez simple, déclarai-je. Elle s'efforce de garder sur Hal une manière de contrôle, en le suivant partout où il va.

– En même temps qu'elle prend sa revanche. De toute évidence, la nana qu'il saute et lui-même trouvent pour le moins perturbant que son épouse fasse le pied de grue dehors pendant qu'ils jouent à la bête à deux dos.

– La *bête à deux dos* ? Quel lyrisme, Julie !

– Shakespeare, lâcha-t-elle.

— *Othello*, répliquai-je.

Julie éclata de rire. Elle riait plus fort, après son troisième verre.

— Un point pour Randall, admit-elle.

— Aucune idée en ce qui concerne Lawrence B. Reeves ?

— Celui qui aime tabasser les pétasses ?

— Ou qui le prétend, du moins.

— Je parierais qu'elle le connaît, affirma Julie.

— Elle se dit lesbienne.

— Ce qui ne veut pas dire qu'elle ne connaît aucun homme.

— Mais ça devrait exclure tout aspect sexuel de leur relation.

— De sa part, peut-être. Pas forcément de celle de Reeves.

— En effet, dus-je reconnaître. Il pourrait tout aussi bien fantasmer sur elle que sur une autre.

— À moins qu'elle n'ait plusieurs cordes à son arc.

Je bus une gorgée de mon merlot. Le barman désigna son verre à Julie. Elle hocha la tête et il lui en servit un autre. Et de quatre.

— Si elle était bisexuelle, repris-je, ça élargirait considérablement mon champ d'action.

— D'action ?

— D'investigation. Pour élucider cette affaire.

— Ça doublerait également ses chances de décrocher un rancart le samedi soir.

— Ce n'est une citation de Woody Allen ?

— Il me l'a piquée, rétorqua Julie.

Elle s'était mise à articuler plus soigneusement, à la manière des gens qui commencent à être légèrement éméchés et ne veulent pas que ça se remarque.

— Peut-être a-t-elle eu une aventure avec ce type ? suggérai-je. Elle l'aura largué et il refuse de lâcher le morceau. Si ça se trouve, il lui fait le même coup qu'Elizabeth à Hal.

— Pourquoi Mary Lou te l'aurait-elle caché, dans ce cas ?

— Elle dit qu'elle refuse d'étaler publiquement sa vie privée.

— S'en confier à toi, c'est pas l'étaler publiquement, déclara Julie en s'efforçant de ne pas bredouiller.

Elle avait eu le plus grand mal à passer du *oi* de « toi » au *c* de « c'est ».

— Ça nuit peut-être à son féminisme ?

— Pas besoin d'être lesbienne pour être féministe, rétorqua Julie.

— Mary Lou l'ignore peut-être.

— Et peut-être pas.

Julie semblait se désintéresser de mes problèmes professionnels. Elle fixait le bout du bar.

— Comment trouves-tu le type en veste de tweed marron, avec les cheveux trop longs ? demanda-t-elle.

— Celui à l'écharpe ? Un peu trop languide pour mon goût.

— Tu as toujours eu un penchant pour les grosses brutes, déclara-t-elle. Richie ne t'a donc pas suffi ?

Je n'avais jamais, jusque-là, entendu Julie casser du sucre sur Richie et encore moins avancer la moindre critique sur notre relation.

— J'aime bien qu'un homme ait la tête d'un mec qui sait changer un pneu, affirmai-je.

— C'est à peu près tout ce qu'ils savent faire, d'habitude.

— Serait-on légèrement remontée contre ces messieurs, ce soir ?

— C'est la stricte vérité, répondit-elle.

— Qu'est-ce qui est la stricte vérité ?

— Les hommes font chier !

— Des problèmes avec Michael ? m'enquis-je.

Julie balaya cette suggestion d'un ample geste de la main gauche et secoua la tête.

– Oh, d'accord ! fis-je. Que voilà une explication édifiante !

Julie sirota une gorgée de chardonnay et se remit à fixer le bout du bar.

11

La plupart du temps, quand nous nous rendons au gymnase, Spike travaille dans sa tenue de karaté. Il n'a pas la tête d'un karatéka. Mais plutôt celle d'un ours. J'avais enfilé un justaucorps corail chatoyant, au cas où quelqu'un m'aurait reluquée, et des baskets grand chic assorties à mon ensemble. La salle était pratiquement vide ; deux ou trois moniteurs rôdaient près de la réception et trois nanas couraient sur leur trépigneuse. À l'autre bout de la salle, Spike s'entraînait sur le plus lourd des punching-balls. Quant à moi, je faisais des flexions sur le Gravitron. En jetant de temps un temps un coup d'œil à la dérobée dans le miroir, ravie de constater un léger frémissement de mes triceps lorsque je poussais vers le haut. Costaud, la gonzesse ! Nous échangions quelques mots par intermittence, quand nous faisions la pause pour reprendre notre souffle.

— Que sais-tu de Mary Lou ? lui demandai-je.

Spike se dirigea vers la fontaine, but longuement et revint vers moi en s'essuyant la bouche du revers de la main.

— Pourrais-tu préciser ? demanda-t-il.

— Laisse-moi d'abord te raconter ce qui s'est passé

depuis que tu me l'as confiée, répondis-je. Ensuite, tu pourras y aller de tes commentaires.

Spike entreprit de se déplacer autour du punching-ball.

— Vas-y, fit-il.

Je lui fis donc mon récit pendant qu'il décochait directs, crochets et un deux. Lorsque j'eus terminé, il s'en écarta, haletant et luisant de sueur.

— Mary Lou a des opinions très arrêtées sur la façon dont les choses doivent se dérouler, fit-il observer. Elle est persuadée qu'elle doit absolument être lesbienne. Et c'est effectivement une lesbienne, euh... pratiquante. Mais elle est également attirée par les hommes, et elle se le reproche.

— Cède-t-elle parfois à ce penchant ?

— Il me semble, répondit Spike.

— Comment ses convictions s'en accommodent-elles ?

Spike sourit.

— Je l'ignore... Mais assez mal, je parie.

— Connais-tu certains de ses partenaires masculins ?

— Non. Elle se débrouille toujours pour bien les escamoter.

— En ce cas, comment es-tu au courant ?

Spike me fixa un bon moment, puis me fit un grand sourire.

— Sunny... C'est à moi que tu t'adresses... Spike.

— Oh, fis-je, voilà qui explique tout !

— Merci, lâcha-t-il avant de reporter son attention sur le punching-ball.

— A-t-elle des petits amis qu'elle ne te présente pas ? demandai-je. Ou bien les prend-elle plus ou moins au hasard.

— Plutôt au hasard, me semble-t-il.

— Tu veux dire qu'elle préfère lever des types dans les bars, quelque chose comme ça ?

— Plutôt ce genre-là... (Spike décocha quelques atémis au punching-ball.) Crac, boum, hue... Merci, Sam.

Je réglai le poids du Gravitron et exécutai douze tractions dans un silence imposé, tandis que Spike harcelait inlassablement le punching-ball. Je réfléchissais à la vie sexuelle de Mary Lou, dans la mesure où l'on peut réfléchir en faisant des tractions. Et j'y réfléchis encore un peu en poursuivant mon entraînement. Nos exercices terminés, nous allâmes boire un jus de fruits au petit bar attenant à la réception.

— J'adore les jus de fruits, déclarai-je.

— Au petit déj, fit Spike. Pour le moment, j'écluserais plutôt trois Bloody Mary.

— Ici ? m'étonnai-je. Ce serait exactement comme de forniquer dans une église.

— C'est probablement ce qui m'en donne envie. Tu as réglé le problème avec ta sœur ?

— Diable, non. Elle s'est mise à filer Hal.

— C'est contagieux, ma parole !

12

Je déjeunais chez Elizabeth à Weston. Je ne me sens jamais très à mon aise dans les patelins comme Weston. Les maisons y sont trop éloignées les unes des autres, les allées trop longues ; il y a beaucoup trop d'arbres ; les rues y sont beaucoup trop désertes et j'ai toujours l'impression qu'un indigène animé de mauvaises intentions rôde dans les parages.

Nous étions installées à une petite table de son solarium et nous dégustions une soupe au potiron et une salade au poulet Caesar, achetées pour l'occasion à la Fiddle Gourmet Shoppe. Rosie n'était pas venue. La maison d'Elizabeth est d'une propreté beaucoup trop immaculée ; Rosie aurait probablement laissé un poil noir sur une quelconque surface blanche, sinon l'inverse, et je n'avais pas la moindre envie de me disputer avec ma sœur à ce propos, alors que je devais déjà lui reprocher de prendre en filature son époux évincé.

— Richie avait-il des liaisons ? me demanda-t-elle.

— Pas à ma connaissance.

— Et actuellement ?

— Je n'en sais rien.

— Tu n'es pas curieuse ?

— Bien sûr que si, mais je fais avec.

— Ça veut dire quoi « *tu fais avec* » ?

Elizabeth vouait un profond mépris à tout ce qu'elle ne comprenait pas. Les notions qu'elle n'appréhendait pas étaient nombreuses et, si d'aventure elle se l'avouait, elle serait forcée d'en tirer la conclusion qu'elle était stupide. Or, elle ne pouvait pas l'être, puisqu'elle était diplômée de Mount Holyoke. Celle qui était stupide, c'était donc moi. Je comprenais parfaitement son raisonnement. J'en venais presque à admirer la façon dont elle le retournait à son avantage.

— Le divorce implique que nous nous octroyions désormais le droit, l'un comme l'autre, de fréquenter qui bon nous semble.

— Mais tu ne tiens pas à savoir ?

— Chercher à savoir ne ferait aucun bien à notre relation. Ni d'un côté ni de l'autre.

— Oh, Seigneur ! Surtout pas ce mot idiot !

— Relation ?

— Bon sang, il me donne la nausée.

— D'accord. Préfères-tu que je parle d'amitié ?

— D'amitié ?

— Oui, nous sommes amis, Richard et moi. Nous nous efforçons actuellement de savoir si, oui ou non, nous pouvons être plus que des amis.

— Il me semblait que votre divorce avait définitivement répondu à la question.

— Ça ne m'étonne pas de ta part, répondis-je. Mais le divorce a plutôt permis de la poser, en fait.

Elizabeth partit d'un petit rire narquois et dubitatif. Un rire que je connaissais bien et qui lui venait aux lèvres chaque fois qu'elle ne comprenait pas de quoi on parlait. Quand j'étais petite, ce ricanement avait le don de me glacer et de me réduire au silence, de sorte que maman en avait conclu qu'Elizabeth était la plus intelligente. Mais il ne me paralysait plus.

— Hal est passé me voir, annonçai-je.

Elizabeth me présenta un panier au fond tapissé d'une serviette à carreaux bleus et blancs, contenant des petits pains. J'en pris un.

— Que voulait cet infâme petit connard ?

Je souris.

— Hal n'est pas si petit que ça.

Elizabeth reposa sa cuillère sur la table et se pencha en avant.

— Que voulait-il ? insista-t-elle.

— Il prétend que tu le suis partout et souhaitait que je te prie de mettre un terme à ta filature.

— Arrêter de le suivre ? Ce salaud ! Jusque dans sa tombe, oui ! Quel fumier !

— Pourquoi ?

— Pourquoi ? (Les yeux de ma sœur étincelèrent.) Tu voudrais que je reste tranquillement assise sur mon cul pendant qu'il me largue pour une petite radasse ? S'il persiste à la sauter, il devra le faire en me regardant dans les yeux. Partout où il ira.

— Dans quel but ?

— Dans quel but ?

— Oui. Où veux-tu en venir ?

— Je viens de te le dire : je veux les voir souffrir. Tous les deux.

— Tu en as parlé à papa et maman ?

— Non. Tu le leur as raconté, toi, quand ton couple est parti en quenouille ?

— Oui.

— Et qu'ont-ils répondu ?

— Maman m'a juste dit qu'elle était très déçue et qu'elle regrettait que je sois venue la trouver trop tard, quand elle ne pouvait plus rien faire pour y remédier.

— Mon Dieu !

— Papa m'a dit que j'étais adulte et que je devais agir

au mieux de mes intérêts. Et il m'a invitée à venir le voir si j'avais besoin de quoi que ce soit.

– Il n'a pas désapprouvé ?

– Tu ne connais pas papa, ou quoi ? Il n'a jamais désapprouvé le moindre de nos agissements depuis notre naissance.

– En tout cas, je ne veux pas que tu leur en parles.

– C'est ta vie. Tu la racontes à qui ça te chante et quand ça te chante.

Je terminai ma soupe. Elizabeth débarrassa les assiettes creuses et apporta la salade. Le solarium puait littéralement l'architecte d'intérieur. Un peu comme une femme qui aurait pu être séduisante sans son maquillage de scène. Je me demandai combien de fois Hal et Elizabeth s'étaient assis pour parler ensemble dans le solarium surchargé de cette demeure alambiquée. J'avais le plus grand mal à imaginer une véritable conversation avec Elizabeth. Pourtant, Hal était sorti avec elle, puis l'avait épousée et avait partagé sa vie, relativement longtemps. Ils avaient bien dû entretenir une espèce de relation.

– Que regrettes-tu le plus chez Hal ? demandai-je.

– Question stupide.

– Trouve une réponse intelligente, répondis-je. Ça compensera.

– Je vais lui piquer jusqu'à son dernier sou.

– Tu as déjà vu un avocat ?

– Non.

– Avec qui en parles-tu ?

– Avec personne. Pourquoi voudrais-tu que je me répande partout sur cette histoire ?

– Un mariage qui se brise n'a rien de honteux, Elizabeth. Ça arrive tout le temps.

– Je ne me rappelle pas t'avoir entendue t'en vanter, répliqua-t-elle.

Je me souvenais très clairement de la raison qui m'avait empêchée de me confier à ma sœur aînée.

– La rupture n'est pas honteuse en soi, déclarai-je. L'essentiel, c'est qu'elle se fasse correctement.

– Correctement, mon genou ! Je vais faire souffrir ce fumier.

– Et toi, par la même occasion.

– Quoi ?

– Ce que tu fais t'avilit, Elizabeth. Tu l'autorises à régenter ta vie. Tu te sens obligée de le suivre s'il sort pour un rendez-vous, et tu te cloîtres chez toi s'il ne bouge pas de chez lui. Qui est-ce qui mène le jeu, à ton avis ?

– Ce salaud n'a pas le droit de me traiter ainsi, répondit-elle.

Son visage se crispa, ses yeux se noyèrent brusquement de larmes et elle se mit à sangloter.

Et merde !

13

À 8 h 10 le lendemain matin, je me penchais sur le cadavre d'une femme dans le bureau de Mary Lou. La balle était entrée dans son œil droit et ressortie par sa joue gauche. Sa tête reposait dans une large mare de sang, qui avait imbibé la moquette et noirci en coagulant. Elle avait sensiblement le même âge que Mary Lou et avait dû lui ressembler un peu de son vivant.

— Devons-nous appeler une ambulance ? demanda Mary Lou.

Je secouai la tête.

— Elle est morte.

— Comment pouvez-vous en être sûre ? s'enquit-elle.

— Je le suis. Vous avez prévenu la police ?

— Non. Je suis entrée ici dès que vous m'avez déposée et je l'ai trouvée comme ça. Je vous ai immédiatement appelée sur votre téléphone de bord.

— J'étais déjà à deux pâtés de maisons, fis-je remarquer. Qui est-ce ?

— Gretchen Crane, ma documentaliste.

Un petit groupe de femmes silencieuses et mal à l'aise commençaient à s'agglutiner devant la porte, dans la partie du bureau non cloisonnée où travaillaient la plupart d'entre elles. Plusieurs tenaient à la main un gobelet en carton contenant du café. Café que je m'apprêtais précisément à aller prendre lorsque Mary Lou m'avait téléphoné. Je me dirigeai vers le téléphone, composai le numéro du QG de la police, demandai à parler à un inspecteur de la Criminelle et signalai le meurtre.

Cinq minutes plus tard, deux flics en tenue débarquaient et demandaient à tout le monde de ne surtout toucher à rien. Deux inspecteurs de la Crime, accompagnés de quatre experts de la scène de crime, de deux criminologistes et d'un membre des services du médecin légiste se pointaient dix minutes après. Gretchen fut déclarée officiellement décédée. On posa des bandes jaunes, on prit des photos, on traça à la craie la silhouette de son corps sur le sol. Un des inspecteurs entreprit d'interroger ces dames. L'autre (un certain Farrell) nous prit à part Mary Lou et moi.

– La victime arrivait-elle très tôt, en règle générale ? demanda-t-il.

– Vers 6 heures du matin, d'habitude, répondit Mary Lou.

Elle semblait légèrement agacée, comme s'il aurait dû le savoir ; comme si elle voyait assez mal en quoi ça pouvait le concerner.

– Il y a sur le bureau une barquette vide qui semble avoir contenu de la nourriture chinoise, déclarai-je.

– J'ai remarqué, répondit Farrell. Ainsi que des baguettes sous le bureau.

– Peut-être a-t-elle travaillé tard hier soir et pris son dîner ici ? On l'a peut-être tuée dans la soirée.

– Le médecin légiste nous le dira. Vous êtes la fille de Phil Randall ? me demanda Farrell.

– Oui.

– Vous étiez de la Maison auparavant, non ?

— Un certain temps.

— Phil est un homme sur qui l'on peut compter, déclara-t-il. Un type très chouette.

— Ai-je besoin d'un avocat ? s'enquit Mary Lou.

Un peu comme si elle essayait de participer à la conversation.

— Je n'en sais rien, répondit Farrell. À votre avis ?

— Je ne l'ai pas tuée, si c'est ce que vous insinuez.

— En ce cas, que feriez-vous d'un avocat ?

— La police n'a guère de sympathie, généralement, pour les divergences sexuelles, déclara-t-elle.

— La victime était sexuellement divergente ?

— Non. Je parlais de moi.

— C'est votre cas ?

— Vous êtes bouché ou vous le faites exprès ? s'emporta Mary Lou. Je suis lesbienne.

— Avez-vous la moindre idée de l'identité du meurtrier de Mlle Crane ?

— Non. Aucune.

— Et vous, Sunny ?

— Eh bien, Mlle Goddard était harcelée...

— C'est une information à caractère confidentiel, Sunny, fit observer Mary Lou.

— Plus rien n'est confidentiel, Mary Lou.

— Tout ce que je vous ai dit l'était.

— Il ne vous a pas traversé l'esprit qu'il pouvait s'agir d'un quiproquo ? Que vous auriez dû être à la place de la victime ?

— Moi ?

— Cette femme vous ressemble légèrement. Elle se trouve dans votre bureau. Vous avez tout intérêt à parler de votre persécuteur.

— C'est une affaire de meurtre, mademoiselle Goddard, reprit Farrell. Plus de secrets. Pas de recel d'informations.

— J'aimerais appeler mon avocat.

Farrell soupira.

– Le téléphone vous appartient, souffla-t-il. Sunny ?

– Vous ne devez strictement rien divulguer, Sunny, insista Mary Lou.

– Cet homme a peut-être assassiné votre amie, dis-je en désignant d'un coup de menton la silhouette de Gretchen Crane dessinée à la craie sur le sol.

– Je n'en sais rigoureusement rien, répondit Mary Lou. Lorsque je saurai avec certitude qui l'a tuée, je déciderai de ce que nous pourrons dire.

– Je peux patienter, fis-je. Mais, tôt ou tard, je devrai révéler ce que je sais.

– Si vous le faites sans mon autorisation, vous êtes virée.

– Et si vous retenez des informations, sourit Farrell, nous vous retirons votre licence.

– Donnez-moi deux jours, dis-je à Farrell. Si un client devait me remercier au motif que j'ai trahi sa confiance, mon avenir professionnel serait gravement compromis.

Farrell hocha la tête en souriant.

– Il le serait encore plus si l'on vous retirait votre licence, déclara-t-il.

– Laissez-moi du champ.

Il opina du chef.

– J'aimais bien votre papa, avoua-t-il. Et vous étiez de la Maison. Passez me voir demain.

– C'est tout le champ que vous m'accordez ?

– C'est déjà énorme, pour quelqu'un qui nous dissimule l'identité du principal suspect d'un meurtre.

Mary Lou consulta son Rolodex et composa le numéro de téléphone de son avocat.

– Présenté comme ça, répliquai-je, je n'en disconviens pas.

– Alors, passez me voir demain.

– D'accord, répondis-je. Promis.

14

Deux, trois flics s'attardaient encore à la réception lorsque je me suis installée dans le bureau avec Mary Lou et son avocate, petite femme guillerette au nez pointu qui ressemblait un peu à un poulet futé. Elle s'appelait Rosalyn Gelb. Il n'était pas loin de midi.

— En premier lieu, Mary Lou, dis-je, je suis dans une situation intenable. Je n'ai légalement pas le droit de dissimuler des informations à la police, et je ne pense pas non plus que je doive le faire.

— Si j'avais voulu tenir la police au courant de mes affaires, je serais allée la trouver directement. Tout ce que vous savez, vous l'avez appris alors que vous étiez mon employée. Ces renseignements n'appartiennent qu'à moi.

— Je suis persuadée que Me Gelb pourra vous confirmer que cet argument n'a aucune base juridique.

Me Gelb opina.

— Les lois changent tout le temps, déclara Mary Lou. Je vous interdis de divulguer les informations que vous avez recueillies quand vous étiez à mon service.

— En second lieu, poursuivis-je, il s'agit d'une affaire de meurtre... et probablement d'une affaire destinée à défrayer la chronique. Une Blanche honorable, employée d'une féministe très en vue et assassinée dans son bureau du centre-ville. On cherchera sans doute à l'étouffer. Je connais Martin Quirk, le capitaine de la brigade des Homicides. Si jamais il subodorait que vous lui cachez des informations dans cette affaire, il retournerait votre passé de fond en comble.

– J'attends précisément de Rosalyn qu'elle m'épargne ces turpitudes.

Me Gelb n'avait pas l'air enchantée.

– Troisièmement, repris-je, pourquoi diable refusez-vous qu'on leur parle de Lawrence B. Reeves ?

– Parce que je refuse.

– Pourriez-vous m'apprendre quelque chose à son sujet ? Vous le connaissez ?

Mary Lou garda le silence, les bras croisés sur la poitrine.

Je me tournai vers l'avocate.

– Je ferai mon possible pour vous aider, Mary Lou, déclara Me Gelb. Mais j'ai tendance à me ranger à l'avis de Mlle Randall.

Mary Lou garda les bras croisés : sa décision était prise.

– D'accord, fis-je. Je vais essayer de trouver un moyen de contourner le problème et, si je n'y parviens pas, je tâcherai de vous mettre en garde de mon mieux.

Je n'avais rien à ajouter. Mes deux interlocutrices non plus, visiblement. Je me levai au terme d'une longue minute de silence, sortis de la pièce et rentrai chez moi.

À mon arrivée, Rosie se livra à ses pirouettes habituelles, puis fila vers son écuelle et but la moitié de son poids en eau. Son rituel de bienvenue accompli, elle cessa de me faire la fête assez longtemps pour me permettre d'accrocher sa laisse à son collier. Nous descendîmes Summer Street jusqu'au pont qui enjambe le canal de Fort Point et nous fîmes halte à cet endroit. Rosie adore regarder l'eau couler. Pendant ce temps, adossée au parapet, je répondais aux inéluctables questions sur son sexe, sa race et sa destination.

— C'est un pit-bull ?

— Non, c'est un bull-terrier nain. Elle ne ressemble absolument pas à un pit-bull.

Qu'en était-il exactement de Lawrence B. Reeves ? Pourquoi Mary Lou refusait-elle de divulguer son nom ? Pourquoi la harcelait-il ? Pourquoi s'était-il comporté de manière aussi démentielle lorsque je l'avais mis au pied du mur ?

— C'est un chien ?

— Oui.

Elle le connaissait forcément. C'était même la seule chose qui fît sens dans cette histoire. Dans le cas contraire, elle n'aurait eu aucune raison de dissimuler ce fait.

— Il mord ?

— Tout dépend. C'est un excellent ratier.

Et leur relation, d'une façon ou d'une autre, devait être compromettante. Un enfant passa devant nous, tenant sa maman par la main. Rosie lui aboya après.

— Vilain chien-chien, lâcha le gosse.

Sa mère et moi échangeâmes des regards noirs.

La seule solution qui me vînt à l'esprit, c'était d'enquêter sur Lawrence B. Reeves pour tenter d'établir une corrélation entre Mary Lou et lui. Je contemplai la surface noire et lisse de l'eau. Elle s'écoulait paresseusement. Rosie la fixait à travers la rambarde métallique en frétillant de la queue. J'avais bien peu de chance d'en apprendre très long sur Lawrence B. Reeves dans le bref délai d'une journée qui m'était imparti, et je savais que Farrell ne bluffait pas. Je n'étais pas entièrement persuadée qu'il me ferait retirer ma licence si je ne me présentais pas le lendemain, mais j'étais certaine, en revanche, qu'il se lancerait à mes trousses ; en outre, j'avais donné ma parole. Je me rendis brusquement compte que j'avais d'ores et déjà décidé, en mon for intérieur, de lui dire tout ce que je savais.

Un mendiant s'arrêta à notre hauteur.

— L'adorable toutou ! a-t-il dit. Comment s'appelle-t-il ?

— Canines, répondis-je.

— Je peux le caresser ?

— Vaut mieux pas. Il est teigneux.

— Vous n'auriez pas quelques piécettes ?

— Non.

— Bonne journée, alors.

— Comptez sur moi, répondis-je.

Il s'éloigna. Je jetai un regard à Rosie. Laquelle, fascinée, continuait de contempler l'eau noire et vitreuse qui coulait lentement sous ses yeux.

— Maman est d'humeur massacrante, affirmai-je.

Rosie m'ignora.

— Tu veux un biscuit ?

Rosie se retourna brusquement pour me fixer de ses petits yeux noirs, opaques et luisants.

— Viens, fis-je, on va rentrer te chercher un biscuit à la maison.

Je tournai le dos à la rambarde et j'entrepris de remonter Summer Street. Rosie trottinait devant moi. Elle ne jeta pas un seul regard en arrière vers le pont.

15

De retour au loft, je donnai son biscuit à Rosie, puis j'appelai Mary Lou pour lui faire part de ma décision. La conversation, brève et déplaisante, se termina comme annoncé par mon renvoi immédiat. Je laissai Rosie endormie sur mon lit, les pattes en l'air, et je me rendis au nouveau QG de la police. Lee Farrell était assis derrière son bureau du service des Homicides. Une chaise était installée devant. J'y pris place.

– Vous êtes en avance, fit-il remarquer. Qui est l'impétrant ?

Je lui tendis une des photos que j'avais prises.

– Il se nomme Lawrence B. Reeves, ajoutai-je. Il habite Brookline Street, à Cambridge. J'ai écrit l'adresse au dos.

– Votre... euh... patronne sait-elle que vous me l'avez appris ?

– Oui.

– Et ?

– Elle m'a virée.

– Navré, déclara-t-il sur un ton laissant plus ou moins entendre qu'il n'en avait pas grand-chose à cirer.

Pourquoi ne veut-elle pas qu'on sache le nom de ce gus ?

— Aucune idée.

— Elle le connaît ?

— Aucune idée.

— Je vais aller l'interroger, déclara Farrell.

— Je peux vous accompagner ?

— Je croyais qu'on vous avait remerciée ?

— Puis-je néanmoins vous accompagner ?

Il sourit.

— Fouineuse, hein ?

— Acharnée, rectifiai-je.

— Ce sont les meilleures. Vous êtes libre, là, tout de suite ?

— Totalement.

— Vous travaillez à ce point à tir tendu ? s'étonna-t-il. Aucun autre client ?

— Mon beau-frère. Si l'on peut dire.

Farrell secoua la tête, puis consulta sa montre.

— 16 heures. Je vais demander à un de nos gars de Cambridge de nous retrouver là-bas et nous irons voir si ce Reeves est chez lui.

Un inspecteur de Cambridge du nom de Bernie Larkin nous attendait dans sa voiture devant chez Lawrence B. Reeves. Farrell nous présenta.

— Il est à l'intérieur, déclara Larkin. Je l'ai vu qui m'épiait par la fenêtre de devant quand je me suis garé.

— D'accord. On veut seulement lui parler, lui expliqua Farrell pendant que nous remontions l'allée. Ça ne devrait pas poser de problème.

— D'un autre côté, répliqua Larkin, il est suspecté de meurtre.

Farrell déboutonna sa veste sport.

— Pour l'instant, laissa-t-il tomber.

Larkin sortit son arme, la tint le long de son flanc et se posta à gauche de la porte. Je tenais la mienne hors de son holster, dans la poche de mon manteau. Farrell sonna. Pas de réponse. Il insista. Des pas se firent entendre. Puis le silence. Farrell appuya une troisième fois sur la sonnette. Une étroite section de la personne de Lawrence B. Reeves apparut dans l'entrebâillement.

— Que désirez-vous ?

Farrell montra son insigne.

— Je suis l'inspecteur Lee Farrell, police de Boston, déclara-t-il. Voici l'inspecteur Bernie Larkin de la police de Cambridge. Nous devons parler.

— De quoi ?

— D'un meurtre survenu dans les bureaux de Mary Lou Goddard.

— Non.

— Nous devons absolument parler, monsieur Reeves.

— Non.

Farrell sourit.

— Et nous allons le faire, ajouta-t-il. Il existe deux méthodes. Une méthode civilisée et une méthode sauvage. Soit vous nous invitez à entrer pour deviser entre gens de bonne compagnie...

— Non. Allez-vous-en.

— ... soit nous la jouons Far-West : l'inspecteur Larkin appelle le commissariat, des lascars déboulent, enfoncent votre porte et vous passent les menottes.

L'œil unique dont Reeves scrutait jusque-là l'extérieur se braqua sur moi. Avec mon col relevé et ma main crispée sur mon revolver au fond de la poche de mon manteau, j'avais vaguement l'impression d'être Georgette Raft.

— Elle vous l'a dit, hein ?

— Ouvrez cette porte, Lawrence !

— Cette pétasse vous l'a dit, répéta-t-il. Je dois fermer la porte pour ôter la chaîne.

— Bien sûr, fit Farrell.

La porte se referma. Farrell porta la main sous sa veste à la poignée de son revolver. Nous savions tous les trois qu'il pouvait arriver n'importe quoi à l'ouverture de la porte. J'entendis cliqueter la chaîne de l'autre côté, puis la porte s'ouvrit et Lawrence B. Reeves nous fit signe d'entrer.

Nous nous retrouvâmes dans un vestibule, au rez-de-chaussée d'une demeure familiale de deux étages. L'escalier menant à l'entresol grimpait le long du mur de gauche. Une double porte vitrée donnait sur un salon étroit occupant toute la partie gauche de la maison. Reeves nous y introduisit. La pièce n'était pas folichonne : ameublement miteux, beaucoup de poussière, des tasses où achevaient de se dessécher des sachets de thé occupaient çà et là toutes les surfaces libres. Une pile de journaux, pas tous récents, s'entassait négligemment près d'un clic-clac, de toute évidence déplié et recouvert d'un couvre-lit au crochet multicolore. Nous nous installâmes sur le divan, Farrell et moi. Larkin avait rengainé son arme et s'était adossé à l'encadrement de la porte. Reeves prit place sur un fauteuil droit, aux bras incurvés et aux pieds sculptés. Il me dévisageait avec impudence.

— Vous êtes Lawrence B. Reeves ? demanda Farrell.

— Oui. Elle vous l'a dit, hein ?

— Où étiez-vous cette nuit entre... minuit et 8 heures du matin, disons.

— Dans mon lit, la majeure partie du temps.

— Quelqu'un peut en témoigner ?

Une lueur étrange s'alluma dans les yeux de Lawrence.

— Peut-être.

— Peut-être ?

— En quoi ça vous regarde ?

— Eh bien, nous croyons savoir que vous harceliez Mary Lou Goddard, expliqua Farrell.

Reeves me lança de nouveau un regard noir.

— Et, poursuivit l'inspecteur, nous nous sommes dit qu'il serait bon de vous écarter de la liste des suspects, où vous arrivez en tête.

— Mary Lou n'a pas été tuée ?

— Non, mais son assistante. Nous avons envisagé l'hypothèse d'une méprise.

— Vous croyez que c'est moi qui l'ai tuée, juste parce que cette pétasse vous a raconté que je la filais ?

— Ces divagations sur les « pétasses » commencent à sérieusement m'agacer, déclara Farrell. Vous avez un alibi pour la nuit dernière ?

— J'ai ramené une femme chez moi, répondit Reeves en me regardant droit dans les yeux. Nous sommes rentrés du Casablanca à 22 h 45 et elle est restée jusqu'à 9 h 30 du matin. Nous avons pris le petit déjeuner ensemble.

— Plus de détails, Lawrence ! lança Larkin de la porte.

— Il passe ici un tas de femmes, affirma Reeves.

— Comment s'appelle celle-là ?

— Je ne peux pas vous le dire.

— Nous devons vérifier votre alibi, Lawrence.

— Un gentleman ne se vante pas de ses conquêtes.

Farrell inspira fortement par les narines et relâcha l'air lentement.

— Un gentleman pourrait bien se faire remonter le trou de balle jusqu'aux sinus, déclara-t-il.

— Brutalités policières, fit Reeves. Je veux un avocat.

— On ne t'accuse de rien, pauvre crétin, assena Farrell. On veut juste confirmer cet alibi.

— On la retrouvera, intervins-je. On sait déjà que vous vous trouviez au Casablanca hier soir. Quelqu'un a dû vous y voir ensemble. Ce n'est qu'une question de temps et d'obstination.

– Comment savez-vous que je suis passé au Casablanca ?

– Vous venez de le dire.

– Futée, la petite salope ! fit Reeves en se penchant vers moi pour abattre son poing sur ma cuisse.

On m'avait déjà fait des avances plus cuisantes. Mais Farrell n'attendait que ça. Il se leva, empoigna Reeves par les cheveux, l'arracha à son fauteuil et le plaqua violemment au sol, le nez dans la poussière, puis lui enfonça un genou entre les omoplates.

– On te tient pour voies de fait, enfoiré !

Reeves se mit à hurler :

– Me frappez pas ! Me faites pas de mal !

– Vous êtes en état d'arrestation pour rébellion, commença Farrell. Vous avez droit à l'assistance d'un avocat. Si vous...

– Bonnie Winslow, glapit Reeves. Elle s'appelle Bonnie Winslow.

Farrell sourit.

– Consentez-vous à retirer votre plainte s'il nous donne son adresse ? me demanda-t-il.

– Je suppose.

16

Lee Farrell m'appela pour me dire que l'alibi de Lawrence B. Reeves avait été vérifié et confirmé, et j'arrivai en retard de quinze minutes à mon rendez-vous avec Julie au bar du Casablanca. Je la trouvai en grande conversation avec un type à la barbe blonde, vêtu d'une veste en tweed marron et d'une écharpe de laine. Le style « écharpe de laine » n'est pas mon favori. Un verre de vin vide était posé devant elle et elle s'apprêtait à en commander un second quand je me suis glissée sur le tabouret voisin.

— Sunny, je te présente Robert.

— Salut, Robert.

— Sunny ? s'enquit Robert. En voilà un drôle de prénom !

— Le plus beau, rétorquai-je.

Le barman apporta son verre de vin à Julie et je commandai un martini Belvédère, avec des glaçons et un zeste de citron. Julie en resta baba.

— Eh bien... c'est un jour avec, dirait-on ?

— Exactement.

Elle but une gorgée de vin blanc.

– Je boirais bien un peu de vin, moi aussi, proposa Robert. On pourrait peut-être partager une bouteille ?

– Bien sûr, acquiesça Julie.

Le barman m'apporta mon martini. J'en bus une lichette et la sentis couler dans mon œsophage. Je réprimai un *ahhhhhhhh* de satisfaction, au motif qu'il eût été fort peu féminin.

– Tu veux qu'on en parle ? demanda Julie.

– Quel vin préférez-vous ? s'enquit Robert.

– Oh, choisissez. Je fais tout juste la différence entre le rouge et le blanc, répondit Julie.

– J'ai dû faire un geste que j'ai regretté, répondis-je.

– Tu avais le choix ?

– Pas vraiment.

– Raconte.

Robert examinait la carte des vins.

– Que diriez-vous de ce délicieux chardonnay californien ? demanda-t-il.

– Volontiers, fit Julie.

Robert fit signe au barman. Je m'ouvris à Julie de Lawrence B. Reeves, Mary Lou Goddard et Lee Farrell.

– Mignon, l'inspecteur ?

– Mignon et pris, déclarai-je.

– Comme tous ! Tu as réagi comme il fallait, Sunny.

Le barman apporta une bouteille de chardonnay et deux verres propres. Il ouvrit la bouteille et en versa un doigt dans un des verres.

– Voulez-vous le goûter ? proposa Robert à Julie.

– Non, non. À vous d'en décider.

Julie lui sourit, comme pour lui faire comprendre que c'était là un travail d'homme, puis se tourna vers moi.

– Je sais, rétorquai-je. Mais je ne me sens pas mieux pour autant.

– Ta cliente n'avait pas le droit de te mettre dans une telle situation, ajouta-t-elle.

J'opinai. Robert goûta le vin comme s'il testait un médicament contre le cancer. Il le fit tournoyer dans le verre, le huma, le fit encore tournoyer, en sirota une infime gorgée, la laissa décanter sur son palais avant de l'avaler, puis adressa au barman un signe de tête approbateur. Celui-ci remplit deux verres et laissa la bouteille sur le comptoir. Julie vida son verre, le repoussa et s'empara d'un verre plein. Robert, derrière elle, se pencha en avant pour s'adresser à moi :

— Voulez-vous un verre de vin, Sunny ?

— Non, merci. Le martini est d'une excellente année.

Il eut un sourire indulgent. Nombre de membres des classes inférieures ne comprennent strictement rien au vin. Il trinqua avec Julie et tous deux burent à l'unisson. Robert lui dit quelques mots que je n'entendis pas et Julie gloussa. Je songeai à l'extrême bizarrerie dont faisait preuve Lawrence B. Reeves. Je l'imaginai ici, sur place, probablement installé à ce même bar avec Bonnie Winslow. Tout en me disant que ça ne lèserait sans doute personne si j'en apprenais un peu plus long sur son compte, bien que l'affaire m'eût été retirée. Sans doute cent fois plus gratifiant que d'essayer de converser avec Julie, ou de l'écouter deviser avec Robert, et mille fois plus, assurément, que de l'écouter glousser. Je sortis de mon sac une de mes photos de Lawrence et la montrai au barman.

— Larry Reeves, dit-il.

— Un client régulier ?

— Bien sûr. Il passe deux soirs par semaine.

— Seul ?

— En entrant.

— Il retrouve quelqu'un ?

— En général, il lève une nana, répondit le barman. Il vient ici pour ça. Il s'installe au bar et sirote une bière jusqu'à ce qu'il ait fait une touche ou qu'on l'ait envoyé rebondir.

— Il emballe ?

— Il se débrouille plutôt bien.

— Il n'a pas franchement la tête de l'emploi.

Le barman haussa les épaules.

— Larry emballe sec, Sunny, déclara-t-il. On est à Cambridge, ici. Les règles ordinaires n'y ont pas cours.

— Tu connais certaines des femmes qu'il... euh... fréquente ?

— Il en voit deux ou trois assez régulièrement.

— Tu les connais ?

— Une certaine Bonnie, et quelques autres encore dont j'ignore le nom.

— L'une d'elles était là hier au soir ?

Le barman regarda autour de lui. Le bar était presque désert à cette heure.

— Nan, répondit-il. Tu bosses, là, Sunny ?

— Pas vraiment. Simple curiosité.

— S'il s'agit d'une affaire ou d'un truc du même tonneau, je ne devrais peut-être pas me répandre.

— Je n'ai même pas de client, lui assurai-je. Et je ne répéterai jamais d'où je tiens mes informations.

— Bien sûr. Tu veux un autre martini ?

— Pas spécialement.

À côté de moi, Julie et Robert avaient pivoté sur leur tabouret pour se faire face, et leurs genoux étaient pour ainsi dire interactifs. Julie gloussa de nouveau. Ce n'était pas la Julie que je connaissais. Et sûrement pas celle que j'aimais. Quoi qu'il en soit, nous trouverions certainement un meilleur moment pour discuter. Je réfléchis quelques instants puis, mon martini terminé, je m'excusai. Robert se prétendit ravi de m'avoir rencontrée. Julie me serra sur son cœur, puis déclara qu'elle espérait que je me sentirais mieux le lendemain. Je lui répondis que je me sentais déjà bien mieux. Elle promit de m'appeler. Et je regagnai mon domicile.

17

J'étais assise avec Spike au bar du Blue Ginger, un restaurant de Wellesley.

— Voilà comment ça va se passer. Elizabeth a rendez-vous avec un inconnu. Elle a peur de se retrouver en tête-à-tête avec lui, de sorte que nous allons l'attendre ici et, à son entrée, ravie de nous voir, elle nous priera de nous joindre à eux.

— Je ne me suis pas aventuré aussi loin dans les faubourgs depuis l'époque où le gang Brady passait à la télé ! fit remarquer Spike.

— C'est Elizabeth qui a choisi ce quartier. Elle trouve que la ville n'est pas sûre.

Spike avait commandé une vodka glaçons. Il en sirota une gorgée.

— Je hais ta sœur, lâcha-t-il.

— Je n'en raffole guère non plus, mais elle fait partie de la famille.

— C'est une grande faveur que je te fais, Sunny, ajouta-t-il.

— Je sais, mais je le vaux bien.

— Richie aurait refusé ?

— Je dîne avec Richie le mercredi soir. Pas question d'y convier Elizabeth.

— Pourquoi ne pas dîner avec elle en tête-à-tête ?

— Elle avait rendez-vous et elle tenait à s'y rendre.

— Dois-je vous accompagner ensuite ?

— Non.

— Où a-t-elle déniché ce type ?

Je fixai la surface de mon breuvage.

— Par les petites annonces, répondis-je à voix basse.

— Dieu du ciel ! s'exclama Spike.

— Je sais.

— C'est très embarrassant, Sunny, déclara-t-il.

— Je sais.

Il termina sa vodka et montra son verre vide au barman, pour qu'il le lui remplisse.

— C'est vraiment une grosse, très grosse faveur, renchérit-il.

— Je sais.

— Et il y a là, assis tout seul à une table pour quatre, un lascar à l'allure très, très déplaisante, poursuivit-il. Tu connais le nom de ce type ?

— Non. Elizabeth ne voulait pas me le présenter avant son arrivée.

— J'espère que ce n'est pas lui.

J'ai regardé le bonhomme.

— Oh, mon Dieu ! Moi non plus.

Bedonnant, la cinquantaine, il portait des lunettes de soleil, une moumoute de médiocre qualité, un costume croisé sombre et une chemise blanche sans cravate. Les trois premiers boutons de son col de chemise étaient dégrafés et les pans passés par-dessus le col de son costume. Il arborait au cou une espèce de chaîne, mais j'étais trop loin pour la distinguer nettement ; de même qu'il m'était impossible de voir si ce décolleté profond dévoilait bien, comme je le redoutais, une toison pectorale grisonnante et touffue. Un verre était posé devant lui et il consultait sa montre à intervalles réguliers.

— Oh, Seigneur, gémit Spike en me désignant l'entrée d'un coup de tête.

— Elizabeth ! m'exclamai-je.

Elle portait aussi des lunettes noires et sortait de chez le coiffeur. Ses talons aiguilles faisaient sept bons centimètres de haut et son manteau de vison, ouvert, laissait entrevoir une petite robe noire tout juste assez longue pour dérober ses dessous au regard... Si du moins elle avait mis des dessous.

— Si ces deux-là doivent effectivement se retrouver, marmonna Spike, il va falloir appeler les flics.

— Prions, fis-je.

Elizabeth adressa quelques mots à l'hôtesse, qui la pilota jusqu'à la table où était assis l'horrible bonhomme. Celui-ci se leva à son arrivée. Elle lui tendit la main. L'autre lui fit un baisemain.

— Nous sommes frits, déclara Spike.

Elizabeth lui décocha un sourire éblouissant, puis se tourna vers le bar et nous fit signe de venir nous asseoir à leur table. Spike engloutit sa seconde vodka. Je descendis de mon tabouret et je souris à ma sœur, la bouche en coin, tout en murmurant à Spike :

— Tu l'as dit.

Nos traversâmes la salle pour les rejoindre. Le type s'appelait Mort Kraken. Il avait bel et bien la poitrine velue et grisonnante, et portait au cou une épaisse chaîne en or assortie d'un énorme médaillon. Je ne l'ai pas regardé d'assez près pour voir ce qu'il représentait.

— Alors, comme ça, vous êtes mariés, tous les deux ? demanda-t-il.

— Non.

— Je l'ai été à un moment donné, poursuivit Mort. Puis j'ai découvert qu'on pouvait boire son lait à l'œil sans être obligé d'acheter la vache et la traire.

Spike se rejeta en arrière sur sa chaise et fixa le plafond.

– Bien vu, déclarai-je en désespoir de cause.

Je posai la main sur la cuisse de Spike. Si jamais il décidait de s'en prendre à Mort, celui-ci vivrait probablement la pire soirée de toute son existence. La serveuse s'approcha.

– Alors, qui boit quoi ? s'enquit Mort. La première est pour moi.

Cela signifiait-il que nous devrions éplucher la note en fin de soirée, pour tenter de déterminer qui avait payé telle ou telle tournée, ou commandé telle salade ? À la perspective de la réaction que cette dernière remarque risquait de déclencher chez Spike, un frisson me parcourut l'échine. Je commandai un martini et Spike un Gray Goose avec des glaçons.

– La jolie petite dame et moi, on prendra deux cocktails au champagne, affirma Mort.

Elizabeth sourit. Elle avait laissé choir son manteau de vison sur le dossier de sa chaise, dévoilant sa petite robe noire retenue par des bretelles guère plus épaisses que des spaghettis, sinon des vermicelles, qui dissimulaient à peu près aussi efficacement la moitié supérieure de son corps que sa jupette la moitié inférieure... Pratiquement pas, autrement dit.

– Je ne bois que ça, assura Mort en accompagnant sa déclaration d'un geste péremptoire. (Il portait une grosse chevalière au petit doigt.) Jamais autre chose. Rien que des cocktails au champagne.

Ma main reposait encore sur la cuisse de Spike. Je la sentis frémir imperceptiblement.

– Alors, racontez-moi un peu ce que vous faites dans la vie, Mort ? demanda Elizabeth, très inspirée.

Elle se pencha vers lui, les lèvres légèrement écartées. Elle portait des tonnes de mascara et ses lourdes paupières papillonnaient. J'ai cru que j'allais vomir.

— Je suis riche, déclara-t-il en se rejetant en arrière avec un rire sonore. Voilà ce que je fais dans la vie, ma jolie. Je suis riche.

— Et comment donc avez-vous fait fortune ? demanda Spike.

Je respirais mieux. Il s'efforçait de rester courtois.

— Eh, mais il parle ! s'exclama Mort.

Dieu du ciel ! Je broyai la cuisse de Spike. Je l'entendis distinctement ravaler son air.

— Pas souvent, fit-il remarquer. Alors, comment vous êtes-vous enrichi ?

De son autre main, Mort fit un geste du genre couci-couça. Autre chevalière à l'auriculaire. À chaque nouvelle découverte, le mec me semblait un peu plus répugnant. Je lui souris chaleureusement.

— Un peu de ci, un peu de ça, précisa-t-il. C'est un truc génétique, vous comprenez. Tout ce que je touche se transforme en or.

— C'est génial, commenta Elizabeth.

Elle semblait totalement fascinée, le regardait comme s'il n'y avait que lui dans la salle. La connaissant et la sachant nettement plus snob que moi, je me doutais qu'en conséquence elle le considérait au mieux comme un immonde cafard. Je ne pouvais qu'admirer son entêtement à draguer. Nos consommations arrivèrent. Spike ingurgita la moitié de la sienne et je remarquai qu'Elizabeth engloutissait d'un trait la presque totalité de son cocktail au champagne. Mort leva son verre.

— Aux bons moments de la vie ! Où avez-vous déniché ce surnom de Spike ?

— C'est le nom de jeune fille de ma mère.

— Vous voulez dire que c'est votre vrai prénom ?

— Um hum.

— Boudi ! En réalité, je m'appelle Mortimer. Un tas de gens s'imaginent que Mort est le diminutif de Morton, mais c'est totalement faux. C'est celui de Mortimer.

— Vraiment ? m'enquis-je.

La serveuse fit passer les menus. Mort ne daigna même pas consulter le sien.

— Voyez avec eux, lui annonça Mort. Moi et la jolie petite dame, on prendra un chateaubriand pour deux avec tout l'assortiment.

— Désolée, répondit la serveuse. Nous n'avons vraiment rien de tel.

— Dans quelle espèce de bouiboui m'as-tu attiré ? demanda-t-il à Elizabeth.

Puis, s'adressant à la serveuse :

— Et un bœuf Wellington ?

— En fait, la spécialité de la maison est la cuisine de la côte Pacifique, expliqua la serveuse. Si vous le souhaitez, je peux demander aux cuisines de vous préparer un plat à base de bœuf.

Elizabeth évitait de croiser mon regard.

— Nan. On prendra ce qu'il y aura, affirma Mort.

Il se rejeta en arrière et passa un bras autour du dossier d'Elizabeth, l'air tout content d'avoir désarçonné une serveuse. Nous commandâmes.

— Alors ? demanda Mort. Vous m'avez bien dit que vous étiez mariés, tous les deux ?

— Oh non, répondit Elizabeth. Ce sont juste des amis.

— Ben voyons, fit Mort en me faisant un clin d'œil appuyé. Je connais la chanson.

— Je suis homo, intervint Spike.

— Pardon ?

— Je suis homo.

Mort parut un bref instant désemparé, comme si quelque chose avait réussi à percer la cotte de mailles de sa stupidité.

— Je ne m'en doutais pas. Non, réellement. Bon Dieu, vous n'en avez vraiment pas l'air !

Spike sourit. Ce n'était pas un sourire aimable, mais Mort, à mon avis, n'en était pas conscient.

— Mon caleçon est couleur lavande, déclara Spike.

— Spike, demandai-je, tu m'aimes ?

— Oui.

— J'en étais sûre.

Spike me regarda, puis dévisagea Mort et inspira profondément. Il hocha lentement la tête, expira encore plus lentement par les narines, me sourit nonchalamment, ingurgita une grande lampée de vodka, puis considéra pensivement Mort et Elizabeth.

— J'espère qu'ils ne feront pas de petits, laissa-t-il tomber.

18

Je cherchai Bonnie Winslow dans l'annuaire, je me rendis chez elle et lui montrai ma licence. Elle m'invita à prendre le thé avec elle et ses trois chats, au premier étage de son pavillon de Watertown au revêtement d'aluminium blanc.

— Parlez-moi un peu de Lawrence Reeves.

Bonnie était une petite femme aux traits aigus et aux longs cheveux blonds striés de gris. Elle portait un jean, des sandales et un ample T-shirt orange qui flottait sur son corps mince, imprimé du slogan L'AMOUR EST CONTAGIEUX.

— En quel honneur ?

— Enquête de moralité.

— Et pour quel client ? demanda-t-elle.

Pas si sotte, la Bonnie. J'eus un sourire penaud.

— Navrée, Bonnie. Puis-je vous appeler Bonnie ?

— Bien sûr.

— Navrée, Bonnie, mais cette enquête doit rester strictement confidentielle.

— Puis-je encore voir votre licence ?

— Bien entendu.

Elle examina longuement ma licence, mais celle-ci ne lui en apprit pas plus que la première fois.

— Parler de M. Reeves vous pose-t-il un problème ? m'enquis-je. Si vous le souhaitez, je peux tout simplement inscrire « s'est abstenue de tout commentaire ».

— Non, non, bien sûr que non. C'est juste que je ne suis pas du genre à me répandre sur un ami dès que la première venue m'interroge à son sujet.

— Je m'en rends compte.

— Que voulez-vous savoir exactement ?

— J'aimerais des précisions sur la nature de vos relations, ai-je répondu. Pour mes archives. C'est votre petit ami ?

— Oh, nous sommes juste de vieux copains, Larry et moi.

— Vous avez passé ensemble la nuit de mardi à mercredi ?

— Qui vous a dit ça ?

— Ça rentre dans vos rapports « amicaux » ?

Bonnie sourit.

— Nous sommes l'un et l'autre des adultes consentants. Il nous arrive de temps en temps de passer la soirée ensemble, lorsque nous n'avons pas d'autre partenaire.

— Je crois savoir qu'il a d'autres partenaires.

— Oh, pour ça, Larry emballe pas mal. (Elle sourit de nouveau.) Moi aussi, d'ailleurs, pour être tout à fait franche.

— N'est-ce pas un peu risqué ?

— Rapport aux MST, vous voulez dire ? Nous prenons nos précautions.

— Vous connaissez certaines de ses partenaires ?

— Quelques-unes.

— Mary Lou Goddard.

— Oh, cette bêcheuse !

— Bêcheuse ?

— Oui. Larry m'a parlé d'elle. Il est sorti deux ou trois fois avec elle et elle est vite devenue très... possessive.

— Possessive ?

— Vous savez bien... Il ne devait plus voir qu'elle... N'avait plus le droit de me fréquenter, ni ses autres amies.

— Comment l'a-t-il pris ?

— Larry adore draguer.

— Il lui en a voulu ?

— Larry ? Vous rigolez ! Il a toutes les filles qu'il veut.

— Et elle ? Elle lui en a voulu ?

— Je crois. Larry m'a raconté qu'il l'avait sacquée. Qu'il avait mieux à faire qu'à perdre son temps avec des gens aussi étroits d'esprit.

— Il n'aime pas qu'on entrave sa liberté, si je comprends bien ? fis-je observer, le visage impavide.

— Exactement.

Je commençais à cerner son jargon.

— Vous connaissez ses autres amies ?

— Ses petites copines ? Pas vraiment. Il y en a une qui s'appelle Charlene quelque chose, et une certaine Sophie. Il lève souvent des inconnues dans un bar.

— Le Casablanca ?

— Pas seulement. Dans tous ceux de Harvard Square.

— A-t-il été marié ? demandai-je.

— Oh oui. Il me semble même que c'est pour cette raison qu'il est si volage aujourd'hui, et tellement épris de sa liberté, répondit-elle. J'ai dans l'idée que la petite Harriet lui a fait une vie d'enfer.

— Vous la connaissez ?

— Il en parle tant que j'ai parfois l'impression de la connaître, mais je ne l'ai jamais rencontrée. Ce doit être une vraie mégère.

— Ils sont divorcés ?
— Il me semble.
— Elle a conservé son nom de femme mariée ?
— Oui. Larry, ça le rendait dingue.
— Où habite-t-elle ?
— J'en sais rien. Quelque part dans le coin. Larry dit qu'il tombe de temps en temps sur elle. Il a horreur de ça.

J'ai terminé mon thé. Les chats m'ignoraient souverainement. Ils flairaient sans doute sur moi l'odeur de Rosie et n'appréciaient guère. Ce dont je me félicitais. Bonnie me narra quelques épisodes de sa vie amoureuse, ce qui m'incita à reconsidérer la mienne sous un jour nouveau. Et elle me vanta si chaleureusement les prouesses de Larry que je faillis lui demander de me passer sa carte de visite. Je n'en avais pas l'usage, mais j'aurais pu la refiler à ma sœur.

19

Comme c'était au tour de Julie de me retrouver, nous nous étions donné rendez-vous pour déjeuner dans la salle à manger du Boston Harbor Hotel. Julie buvait du vin blanc en écoutant le récit de mon dîner avec Elizabeth. J'avais pris un jus de canneberge, avec du soda et une tranche d'orange.

— Elizabeth est persuadée que les gens qui viennent d'une université publique ne méritent que son mépris. Pourquoi sortirait-elle avec ce Mort, qui est abominablement laid, au-delà de toute expression ?

— La beauté n'est-elle pas dans l'œil du spectateur ? suggéra Julie.

— Tout spectateur le trouverait abominable, répliquai-je. J'avais une peur bleue que Spike ne lui agrippe le kiki pour lui arracher la tête.

— Peut-être sont-ce précisément ses défauts qui font son charme ?

Elle sirota une gorgée de vin.

— Oh, Seigneur ! m'exclamai-je. C'est le psy qui parle, ou quoi ?

— Peut-être est-il l'incarnation de son actuel état d'esprit ? Peut-être se sent-elle si mal dans sa peau qu'elle ne peut avoir de relations qu'avec un type comme lui ?

La serveuse vint prendre la commande. Julie demanda un second verre de blanc. Il n'était pas loin de 2 heures, assez tard pour déjeuner. Nous étions assises près de la fenêtre dans une salle à manger presque déserte. Derrière la baie vitrée, le port bruissait d'une énergie très col-bleu. Les bateaux se balançaient brutalement au gré de la houle soulevée par une brise du large. Les pilotis de certaines jetées étaient vermoulus et l'eau, tout autour, luisait de reflets huileux irisés. De temps à autre, un débris flottant venait tourbillonner dans les remous créés par la marée autour des pilotis.

– Tu ne buvais pas au déjeuner, auparavant, fis-je remarquer.

– Eh bien, maintenant, ça m'arrive.

Je hochai la tête et bus un peu de jus de canneberge.

– Ça te pose un problème ? s'enquit-elle.

– Et à toi ?

– Quand j'en serai là, je te le ferai savoir.

– Tu parles. Tu as revu Robert depuis l'autre soir ?

– Bah, Robert ne compte pas. C'est juste pour le *fun*.

Je hochai de nouveau la tête et bus une autre gorgée. L'un des gros bateaux panoramiques du Boston Harbor passa devant nous en glissant, aérodynamique et presque entièrement vitré, traçant dans son erre une longue vague lisse. Deux mouettes fondirent sur le sillage.

– Tu l'as ramené chez toi, l'autre soir ?

Julie me dévisagea. Puis fit lentement pivoter son verre de vin sur son pied.

– Au moins n'as-tu pas commencé ta phrase par *Je sais que ça ne me regarde pas, mais...*, laissa-t-elle tomber. Je déteste ça.

— Moi aussi.

Elle fit encore pivoter son verre. La serveuse apporta nos salades et s'éloigna.

— Ne me pose aucune question là-dessus, ajouta-elle.

J'opinai.

— Je prends ça pour un oui, déclarai-je.

— Prends-le comme tu voudras.

— Je ne souhaite que ton bonheur, Julie. Tu as toujours été pour moi la sœur dont je rêvais.

Julie tendit la main et tapota la mienne.

— Je sais, Sunny. Je sais.

— Et, en ma qualité de détective émérite, j'ai pu, à certains signes, constater que tu n'étais pas heureuse.

— Tant mieux pour toi, Nancy Drew.

— C'est Michael ?

— Considérerais-tu *Ça ne te regarde pas* comme une réponse valable ?

— Non.

— Je m'en doutais, répondit-elle. Et *Je n'ai pas la moindre envie d'en parler* ?

— Non plus.

Elle vida son verre de vin, puis se retourna pour chercher des yeux la serveuse. Nous gardâmes le silence pendant que celle-ci lui remplissait son verre. Nos salades gisaient devant nous, intactes.

— J'aime Michael, lâcha-t-elle.

J'acquiesçai.

— Mais nous nous sommes sans doute mariés trop jeunes.

J'acquiesçai.

— Je n'avais rien vécu avant. Je n'ai quitté la maison de mes parents que pour me mettre en ménage.

— Et ?

— Nous avons eu des gosses et, de toute mon existence d'adulte, je n'ai jamais pris une seule décision fondée sur mon seul avantage personnel.

— Et tu t'es dit qu'il était grand temps de t'y mettre, conclus-je.

— Oui.

— Et la première décision que tu as prise a été de boire davantage ? Et la seconde de coucher avec un type que tu avais levé dans un bar ?

— Bon sang, Sunny, épargne-moi les sermons.

— J'observe simplement les faits. Je me trompe, oui ou non ?

— Bon... Puisque tu persistes à voir les choses sous cet angle...

Son visage s'était légèrement empourpré.

— Présente-les comme tu voudras, déclarai-je. Je m'efforce juste de situer tes décisions.

— C'est un début, nom d'un chien !

— Quelle est la prochaine étape ? demandai-je.

— À t'entendre, on croirait une putain de stratégie de marketing, Sunny. J'ignore totalement quelle sera la prochaine étape. J'essaie simplement de respirer. De me faire un peu de place, assez pour comprendre qui je suis.

— Je vois, dis-je. Et je suis de tout cœur avec toi. Mais peut-être n'as-tu pas choisi la meilleure méthode.

— Qu'en sais-tu, bordel de Dieu ?

Ses yeux commençaient à larmoyer.

— Je suis passée par là, répondis-je d'une voix douce. J'ai fait pareil.

Julie se mit à pleurer, mais avec retenue. Sans sanglots éperdus. Juste quelques larmes sur les joues et un peu de mal à respirer.

— Oh, Seigneur, Sunny... Bien sûr que oui. Je suis désolée.

— Fais à ta manière, suggérai-je. Et si je peux t'aider, compte sur moi. Tâche simplement de te souvenir que tu perds légèrement les pédales pour l'instant, alors ne prends aucune décision irrévocable. Si tu sens que ça risque de t'arriver, fais appel à une détective privée aussi stable qu'avisée, et discutes-en avec elle.

Elle hocha la tête. Je tendis la main par-dessus la table. Elle la prit et la garda dans la sienne.

– Et peut-être devrais-tu aussi consulter un psy, ajoutai-je.

Elle hocha encore la tête, en souriant timidement.

– En plus de toi ? tenta-t-elle en s'efforçant de raffermir sa voix.

– Je n'ai pas encore de licence pour exercer dans cette branche, répondis-je.

20

Nous venions de courir dans Summer Street, Rosie et moi. Rosie avait déjà pris son petit déjeuner et j'en étais à ma seconde tasse de café quand Lee Farrell m'a téléphoné.

— Je me suis dit que ça risquait de vous intéresser : Lawrence B. Reeves a mis fin à ses jours pendant la nuit.

— De quelle façon ?

— Il s'est assis sur le divan de son living-room, s'est fourré le canon d'un .357 Magnum dans la bouche et a appuyé sur la détente.

— Il n'avait pas la tête à ça, fis-je observer. Le suicide ne fait aucun doute ?

— Qui en a la tête ? demanda Farrell.

— Pas la tête d'un homme à se suicider. La tête d'un homme à se servir d'un .357, voulais-je dire.

— Nulle raison d'en douter. Brûlures de poudre sur son visage et ses mains. Trajectoire de la balle correspondant à une blessure auto-infligée. Et il avait laissé une lettre.

— Vraiment ?

— Disant qu'il avait engagé quelqu'un pour tuer

Mary Lou. Sans préciser qui. Et ajoutant que son tueur s'était trompé de cible et que lui, Lawrence B., ne pouvait plus vivre avec ça sur la conscience.

— Manuscrite ?

— Traitement de texte, mais signée de sa main. La signature a été authentifiée.

— Il ne donne pas le nom du sbire ?

— Nan. Sa lettre dit que Lawrence B. en endosse l'entière responsabilité.

Rosie s'approcha de son écuelle d'eau et se mit à laper bruyamment. Je n'ai jamais réussi à comprendre comment un chien de quinze kilos pouvait boire cinquante litres d'eau, mais une foule de choses m'échappent sans que ça m'émeuve pour autant.

— D'une pierre deux coups, fis-je observer. Deux meurtres élucidés : un à Cambridge et un à Boston.

— En effet, confirma Farrell. Sauf pour ce qui concerne l'identité de notre tueur à gages, et vous savez comme moi que nous avons peu de chance de la découvrir.

— Je n'aime pas ça, fis-je.

— Navré.

— Et vous non plus, ajoutai-je. Raison pour laquelle vous me téléphonez, au demeurant.

— Je suis la courtoisie même.

— Un Lawrence B. Reeves ne saurait même pas où trouver un tueur à gages. Pas plus qu'il ne saurait par quel bout s'enfiler le Magnum dans le gosier. En outre, s'il était suffisamment désespéré pour se suicider, pourquoi nous taire le nom du tueur ?

— Nulle affaire n'est parfaitement bouclée.

— Avez-vous comparé la balle qui l'a tué avec celle qui a tué Gretchen Crane ?

— Crane a été tuée avec un .22.

— Il ne servirait donc à rien de les comparer.

— Vous êtes extrêmement calée en balistique.

— C'est inné, répondis-je. Il sera pour le moins difficile de convaincre qui que ce soit de poursuivre cette enquête, si cette conclusion explique aussi aisément ces deux meurtres.

— Sunny, je vous trouve cynique.

— Je craignais de donner cette impression.

— Une clé est accrochée à un clou sous l'auvent, du côté droit du perron. Ne vous risquez surtout pas à y toucher.

— Je tâcherai, fis-je. Mais vous savez comme les filles sont fouineuses...

— Oh, que oui !

Je raccrochai et me dirigeai vers mon chevalet installé sous ma lucarne. Les rayons obliques du soleil s'y infiltraient d'ouest en est, précisément à la bonne heure du jour, et j'avais toujours essayé d'en profiter. Rosie savait d'expérience ce qui allait se passer et elle me précéda en trottinant, pour aller s'asseoir devant le chevalet dans le chaud trapèze lumineux projeté par la lucarne sur le sol. Je travaillais à une toile de l'ancien hôtel de ville, vu depuis Tremont par-delà le cimetière de Kings Chapel. Et j'avais des problèmes avec mon gris. Peindre occupait presque totalement les zones de mon cerveau dévolues à cette activité, à telle enseigne que les autres s'en trouvaient déchargées et pouvaient vagabonder à leur guise. Aujourd'hui, elles flottaient au-dessus du vaste sac de nœuds d'énigmes de nature sexuelle qui meublaient actuellement mon casier. Je n'avais pas la première idée de ce que je devais faire de ma sœur Elizabeth. Je ne lui avais pas reparlé depuis notre dîner avec l'odieux Mortimer. Peut-être n'étais-je pas censée en faire quoi que ce fût ? Peut-être était-elle une adulte consentante ? J'étais encore plus indécise en ce qui concernait Julie. Elle aussi était une adulte consentante. Peut-être n'étais-je pas non plus censée en faire quoi que ce fût. Je me demandais quel rôle jouaient son mari et ses enfants dans ce consentement. Quelqu'un, peut-être Larry lui-même, s'était chargé de régler son compte à Lawrence B. Reeves, qui aimait tant tabasser les pétasses. Et qu'en était-il de Mary Lou Goddard, lesbienne activiste s'il en est, sans doute la plus militante de toutes les adeptes du saphisme que j'avais rencontrées, mais qui entretenait néanmoins avec feu Larry une relation furieusement hétérosexuelle ? Ce suicide avait fait assez de mal en soi pour m'inciter à mener une enquête plus approfondie. Et dans la mesure où j'étais douée pour enquêter, c'était précisément la voie que je brûlais d'emprunter.

Sunny, m'exhortai-je, *tu n'as même pas de client dans cette affaire.*

Je sais bien, répondis-je. *Mais je n'ai pas de client du tout, quoi qu'il en soit. Et je ne peux tout de même pas peindre vingt-quatre heures sur vingt-quatre.*

Farrell a raison, me convainquis-je. *Je suis bel et bien une fouineuse.*

C'est toi-même qui l'as dit, il me semble ; Farrell s'est borné à acquiescer.

Peu importe, au demeurant.

Je mélangeai un peu de bleu au gris étalé sur ma palette et tentai le coup. Rosie me contemplait, la langue pendante, toujours assise au milieu de son carré de lumière. Elle s'accordait de temps en temps un court répit pour regarder frétiller la pointe blanche de sa queue. Je peignis jusqu'à ce que le soleil eût disparu, puis je rangeai mes tubes, me nettoyai et sortis enquêter.

21

Le jour était venu du partage de la garde. Je devais déposer Rosie chez Richie, à son travail. Elle comprit qu'elle partait dès que je me garai devant l'entrée du bar de Portland Street. J'eus le plus grand mal à la faire se tenir tranquille, le temps d'accrocher sa laisse, et elle me força à traverser le trottoir et pénétrer dans l'établissement à une allure qui manquait totalement de dignité. Richie bavardait avec un des barmans, penché au-dessus de son comptoir, tandis que deux ou trois clients de potron-minet s'employaient à rallumer la chaudière le long du bar. Je ressentis ce que j'éprouvais habituellement à sa vue : de l'amour, une légère trouille et quelques autres sensations plus ou moins indéfinissables. Je décrochai la laisse de Rosie et elle se précipita droit sur Richie, non sans exécuter plusieurs pirouettes sur elle-même. Il s'accroupit pour l'accueillir et la laissa lui lécher le visage un petit moment.

— Salut, fis-je.

Richie ramassa Rosie puis se releva en la tenant serrée contre lui, pendant qu'elle lui léchait le cou et remuait la queue à toute vitesse.

— Je connais certaines personnes qui ne voudront jamais me croire quand je leur raconterai ça, dit le barman.

— Et j'en connais, moi, qui pourraient tenir le bar d'un motel de West Boylston dont je tairai le nom, Jim, rétorqua Richie.

Jim sourit.

— Chez Mum, lâcha-t-il. C'est le nom que tu cherches.

Richie me sourit.

— Tu veux me lécher la pomme, toi aussi ?

— Je pourrais peut-être cavaler ventre à terre et exécuter quelques pirouettes, moi aussi.

Il se pencha et je l'embrassai légèrement sur les lèvres. Sur ce, il reposa Rosie à terre, et elle contourna le bar pour aller saluer Jim.

— D'habitude, je lui donne un petit peu de boustifaille, déclara Jim. Je peux ?

— Bien sûr, répondit Richie.

— Mais sans exagération, intervins-je. Je ne voudrais pas qu'elle se transforme en cochon de lait.

— Tu comprends maintenant pourquoi nous avons divorcé ? lança Richie.

— Elle a déjà pris son petit déj, fis-je remarquer. Elle s'est promenée, elle a fait caca, pipi et tout ce qu'elle avait à faire.

— Bonne fille, fit Richie.

Le père et les oncles de Richie tenaient la mafia irlandaise du Massachusetts. À ma connaissance, Richie lui-même ne prenait aucune part aux affaires, sauf pour gérer leurs entreprises légales, comme ce bar. Nous nous étions beaucoup disputés à ce sujet. J'avançais qu'il s'agissait d'argent sale. Peut-être, répondait Richie, mais lui-même ne l'avait pas gagné salement, et la famille reste la famille. Nous n'avions jamais trouvé de compromis, sans doute parce que nous avions tous les deux raison.

Richie était un Irlandais brun. Ses cheveux étaient noirs et drus. Il se rasait deux fois par jour, lorsqu'il devait sortir le soir. Il n'était pas exactement gigantesque, mais il en donnait l'impression et il émanait de lui une force contenue, explosive, qui le faisait passer pour dangereux. Ce qu'il pouvait effectivement être. Mais il ne s'était jamais montré brutal envers moi ni envers Rosie. Pour moi, c'était le plus bel homme que j'aie jamais rencontré.

— Ça tient toujours, pour le dîner de demain soir ? demandai-je.

— Oui.

— Parfait. Je la récupérerai à cette occasion.

Jim avait retrouvé une balle datant du dernier passage de Rosie et la faisait rouler sur le plancher du bar. Rosie courait après la balle en dérapant légèrement sur les lattes cirées, puis la lui ramenait vite fait pour qu'il la relance.

— Merde, j'avais bien besoin de ça en plus de ma gueule de bois, s'exclama un des poivrots matinaux plantés devant le bar.

Nul ne lui prêta attention. Il semblait exaspéré. Il s'adressa à Richie :

— Ce clébard est vraiment obligé de faire ça ?

Richie tourna lentement la tête pour le regarder. Il ne dit strictement rien. L'autre parut passablement mal à l'aise. Richie continua de le fixer. Le type détourna le regard et le reporta sur son cocktail. Rosie traversa de nouveau le parquet à toute allure, prit la balle dans la gueule et la projeta derrière le bar. Elle dut attendre que Jim eût servi un autre verre à la bernique de comptoir outragée.

— Tu travailles sur quelque chose ? me demanda Richie.

– Je trempe, pour ainsi dire, dans l'affaire de la femme assassinée l'autre soir au centre-ville.

– La féministe ?

– Elle travaillait pour une agence de conseil aux féministes, rectifiai-je. La police envisage l'hypothèse d'un contrat.

– Vraiment ?

– Tu n'aurais pas eu des échos ?

– Un tas de meurtres sont perpétrés dans cette ville sans qu'on m'en informe.

– Je sais. Je me demandais, c'est tout.

– Si j'apprends quoi que ce soit, je te tiens au courant.

– Merci. Il faut que j'y aille. N'oublie pas sa promenade.

– J'y veillerai, promit-il.

Je contournai le bar pour dire au revoir à Rosie, lui tapotai l'échine, rebroussai chemin et plantai un baiser léger sur les lèvres de Richie.

– Sunny ?

– Oui ?

– Tu m'as l'air en grande forme.

– Toi aussi, Richie.

Nous restâmes plantés là.

– On se voit demain soir, fis-je.

– Oui.

Je l'enlaçai et le serrai très fort. Je sentis les muscles durs de son dos et je me souvins de sa vigueur. Il me rendit mon étreinte. Nous nous séparâmes lentement.

– Salut, dis-je.

– Salut.

22

La plupart des gens accrochent une clef de secours quelque part près de leur porte d'entrée, et un cambrioleur pourrait survivre assez décemment en fouillant dans les boîtes aux lettres et sous les paillassons. Lawrence B. Reeves s'était montré un poil plus inventif. Si Farrell ne m'avait pas indiqué où il avait caché la sienne, j'aurais sans doute mis cinq bonnes minutes à la trouver, suspendue à un petit clou caché du côté droit du perron, là où l'avant-toit saillait de trois ou quatre centimètres.

J'entrai. L'odeur de renfermé d'une maison restée longtemps inoccupée stagnait déjà dans l'air. Du moins n'avait-elle pas, dans mon souvenir, senti aussi bon à ma première visite. Je me trouvais dans le living-room où Lawrence avait spontanément – pour ainsi dire – avancé le nom de Bonnie Winslow. Une tache de sang sombre maculait encore le dossier du divan. Quelques suppléments du *Boston Globe* datés du jour de son suicide traînaient sur le sol devant le divan, et deux canettes de bière trônaient sur la table basse installée à proximité. Je les ai ramassées. L'une des deux était vide et l'autre à moitié pleine. Les gens s'enivrent fréquemment avant de se suicider, je n'étais pas sans le savoir. Mais une bière et demie ? Néanmoins, compte tenu de la façon dont le ménage était fait chez Lawrence, ces canettes pouvaient très bien moisir là depuis deux semaines.

Je déambulai dans la demeure. Une pile d'assiettes sales s'entassait dans l'évier et un sac-poubelle en plastique blanc à cordon coulissant commençait à schlinguer. Le lit n'était pas fait. Les robinets de la salle de bains étaient entartrés. La cabine de douche était envahie par la moisissure. Un secrétaire ancien en acajou, nanti de trois tiroirs, occupait la pièce, ainsi qu'un Barcalounger en Skaï. On ne voit plus beaucoup de ces Barcalounger. On ne voit plus tellement de Skaï non plus, en fait.

Plantée dans le bureau, je me laissai imprégner par ma première impression. Rien de fâcheux, apparemment, sinon l'animation suspendue d'une vie brutalement interrompue. La demeure, certes, avait grand besoin d'être aérée, nettoyée et récurée. Je me suis demandé s'il avait des parents proches. J'aurais presque eu envie de le faire moi-même, mais je craignais de révéler ce faisant un goût immodéré, sinon invétéré, pour les tâches ménagères.

Je pris une profonde inspiration et j'entamai ma seconde investigation ; celle qui me déplaisait déjà souverainement et consistait notamment à ouvrir les tiroirs et farfouiller dans le linge sale.

En fouillant, j'appris qu'il touchait un chèque mensuel de l'université de Boston ; à en juger par son montant, il ne devait pas s'agir d'un emploi à plein temps. Le solde de son compte n'était dans le rouge que de quelques centaines de dollars. Il ne réglait pratiquement jamais ses factures. Sa carte Visa était aussi spectaculairement débitrice et il ne remboursait que le minimum mensuel requis sur cet endettement. Je consultai le talon de son chéquier et n'y trouvai aucun relevé indiquant qu'il aurait retiré une somme conséquente en liquide, pas même un chèque – si improbable fût-il – qui lui aurait permis de payer un tueur à gages. Ses plus récentes facturettes de carte de crédit laissaient entendre qu'il avait fait trois emplettes distinctes chez un fleuriste de Harvard Square. Pas l'ombre d'une fleur dans l'appartement. Je notai ça par écrit. Une autre indiquait qu'il avait réglé une nuitée dans un motel de Natick. J'en pris également note.

Dans le second tiroir du bureau, je découvris une liasse d'atroces poèmes érotiques écrits à l'encre lavande sur papier quadrillé bleu, d'une main qui parut féminine à mes yeux candides. Je me forçai à les lire. Ils étaient visiblement adressés à Lawrence B., lequel était apparemment un meilleur amant que je ne l'eusse supposé. À moins, bien entendu, que l'auteur n'ait versé dans la licence poétique. Si tel était le cas, c'était à peu près tout ce qu'on pouvait leur trouver de poétique. Lorsque j'eus terminé de les compulser, les choses empirèrent encore : je trouvai plusieurs clichés de Bonnie Winslow nue, posant avec un extrême abandon sur ce qui me parut être le lit de Lawrence B. Je les mis promptement de côté. Ç'aurait pu être pire : Lawrence lui-même, par exemple. Je jetai un coup d'œil sur son agenda. J'y trouvai plusieurs notations dépourvues de signification, dont la lettre *J* revenant tous les jeudis.

Je trouvai son carnet d'adresses et le compulsai également. L'adresse et le numéro de téléphone de Mary Lou y figuraient. Je mis agenda et carnet de côté, afin de les emporter pour les étudier pendant mes heures de loisir, si du moins je disposais de temps libre un jour. Je poursuivis mes recherches et, lorsque j'eus enfin achevé mes perquisitions, la nuit tombait, et l'indice le plus compromettant que j'eusse déterré était précisément une chose que je n'avais pas trouvée.

J'appelai Farrell de ma voiture.

– Ravie de voir que vous travaillez encore à cette heure indue, m'exclamai-je.

– Nous ne dormons jamais.

– Lawrence B. Reeves aurait-il déclaré un .357 ? m'enquis-je.

– Non.

– Vous êtes pourtant parti du principe que celui avec lequel il s'est tué lui appartenait ?

– Les armes à feu non déclarées courent les rues, Sunny.

– Je sais.

– Vous avez perquisitionné chez lui ?

– Son adresse n'est pas dans ma juridiction. Les gens de Cambridge ont sûrement fouiné un peu.

– Ils ont trouvé des munitions ?

– Les cinq cartouches qui restaient dans la pièce, c'est tout.

– Lorsqu'on sort acheter un revolver, on achète bien des munitions en même temps, non ?

– Ça dépend à qui on l'achète.

– D'accord... Vous achetez un flingue illégal... Est-ce que vous achetez six cartouches avec ?

– Non. Plutôt une boîte, généralement.

– Il n'y en avait pas dans la maison, ai-je fait remarquer. J'ai regardé.

– Qu'est-ce que vous venez de dire ?

– Vous avez remonté la piste du .357 ?

– Ça regarde Cambridge. On vient tout juste de me retirer l'affaire.

– Ce pourrait être payant, déclarai-je.

– Je suis un flic de la ville, Sunny. Comme votre vieux. Comme vous, il y a quelque temps encore.

Combien d'entre nous sont-ils morts en acceptant une affaire simple qu'ils ont inutilement compliquée ?

— En chiffres ronds ? Pratiquement zéro, répondis-je.

— Dans ce secteur, répondit Farrell. Quoi qu'il en soit, si je peux faire un truc pas trop compliqué pour vous aider, appelez-moi.

— Et si c'est plus coton ?

— Appelez Cambridge. C'est leur bébé.

23

— Eh bien ? Qu'en penses-tu ? demanda Elizabeth.

— De Mort ?

— Oui.

Elizabeth avait décidé de recouvrer la forme pour mener sa nouvelle vie de célibataire et, à cet effet, s'était fourré dans le crâne de descendre régulièrement à Boston pour s'entraîner avec moi. Dans la mesure où elle n'était pas au top physiquement parlant, j'avais dû ralentir la cadence de mes propres exercices pour rester à son niveau. Ma sœur aînée réussissait néanmoins à mener deux activités de front : améliorer sa forme physique et descendre la mienne en flammes.

— Bof ! poursuivis-je. Tu t'amuses bien avec lui ?

— Si je m'amuse bien ?

Nous marchions — et pas franchement à vive allure — dans Summer Street. Rosie tirait sur sa laisse pendant que nous louvoyions entre circulation et chantiers de constructions. Elizabeth portait un survêtement rose flambant neuf orné du petit logo noir du styliste à la hanche droite de son pantalon de jogging, et des baskets roses aux lacets striés de rose et de blanc façon sucre d'orge.

– Oui.

– Quel humour, dis donc ! répondit-elle. Je ne me suis jamais réellement demandé si je « m'amusais » avec lui.

– Alors comment peux-tu savoir qu'il te plaît ?

– Il est libre et pété de fric, affirma-t-elle.

– Ce sont d'excellentes qualités.

Nous stoppâmes à un carrefour près du Fargo Building. Deux poids lourds chargés de graviers d'excavation passèrent devant nous en ferraillant. Le feu vira au rouge et nous traversâmes, Rosie en tête et tirant comme une forcenée sur sa laisse.

– Il faudra lui apprendre à obéir, fit remarquer Elizabeth. Je ne voudrais pas d'un chien mal entraîné à la laisse.

– Rosie sait obéir quand elle le veut, répliquai-je.

– Nous partons en croisière, déclara-t-elle.

– Sur un paquebot ?

– Évidemment, sur un paquebot. Qu'est-ce que tu dis de ça ?

– Que tu devrais peut-être t'habiller comme pour un numéro de strip-tease de Las Vegas et te baguenauder de bar en bar...

– Je te demande pardon ?

– Juste une plaisanterie anodine !

– Mort paie tout.

– Quel homme !

– Qu'est-ce que c'est censé signifier ?

– Que c'est vachement chouette !

– Nous sommes très intimes, bien entendu.

– Bien entendu.

– Pourquoi « bien entendu » ?

Rosie venait de trouver l'emballage froissé d'une barre de friandise à l'angle d'un immeuble et nous dûmes nous arrêter pendant qu'elle la flairait longuement.

— La plupart des adultes finissent par devenir intimes lorsqu'ils sortent ensemble, expliquai-je.

— Ça vaut pour toi aussi ?

— Ça vaut pour moi aussi.

— Tu as beaucoup d'expérience ?

— Pas suffisamment.

— Pourquoi « pas suffisamment » ?

— Autre piètre tentative pour faire de l'esprit. Pourquoi cette question ?

— Euh...

Elizabeth s'interrompit pour regarder Rosie renifler la boulette de papier, comme si elle s'y intéressait. Je patientai. Rosie finit par conclure que l'emballage ne contenait plus rien de comestible, s'en détourna et tira sur sa laisse, de nouveau prête à foncer. Nous lui emboîtâmes le pas. Elizabeth refit un essai.

— Est-ce que... ?

— Est-ce que quoi ?

— C'est très difficile pour moi, Sunny. Je n'avais jamais fait l'amour avec un autre homme que Hal, jusque-là.

— C'est maintenant chose faite. Et ce n'est sans doute pas plus mal.

Je l'entendais presque respirer.

— Est-ce que tous les types avec qui tu es sortie... assuraient... ?

— Oh, c'est donc ça ?

— Alors ?

— La plupart, ai-je répondu. Si tu veux mon avis, bien rares sont les femmes qui ne sont jamais sorties avec un type qui ne s'était pas montré... euh... à la hauteur après avoir trop bu. Mais ça ne m'est pas arrivé souvent.

— Comment réagis-tu quand ça t'arrive ?

— Je lui jure que ça s'est très bien passé, je l'embrasse affectueusement pour lui dire au revoir, je le remercie de cette excellente soirée et je rentre chez moi.

— Tu le revois ?

— Ça ne s'est produit qu'une seule fois, autant que je me souvienne. Et pour répondre à ta question... non, je ne l'ai pas revu.

— Parce qu'il a flanché ?

— Non. J'aurais certes pu faire une nouvelle tentative s'il m'avait plu. Mais quand on s'enivre en ma compagnie au point de ne pouvoir... faute d'une autre expression... finir la soirée en beauté, ça en dit long sur la place que j'occupe dans sa vie.

— La place que tu occupes dans sa vie ?

Un homme tenant un Akita au bout d'une laisse épaisse remontait le trottoir dans notre direction. Rosie le repéra, pila net et s'aplatit au sol, les oreilles collées au crâne et la queue basse. Vu la taille de l'Akita, j'étais assez encline à l'imiter. Le type sourit et raccourcit la laisse pour plaquer l'Akita à sa jambe et nous laisser la place de les croiser.

La crise passée, Rosie de nouveau sur ses pattes et frétillante, je répondis à la question :

— Oui. Je tiens à passer avant l'alcool.

— Je ne crois pas que Mort était ivre, laissa-t-elle tomber.

— Mais il n'a pas eu d'érection...

— Non. C'est ma faute ?

— Non.

— Comment peux-tu en être sûre ?

— Parce que tu me ressembles.

— Non, sérieusement.

— Je suis très sérieuse.

— Bon, à part ça ?

— Quand on n'excite pas un homme, il n'essaie pas d'attenter à ta vertu, déclarai-je.

— Attenter à ma vertu ?

— Il ne te fait pas d'avances, Elizabeth. Si Mort t'avait raccompagnée chez toi, fait un gros bisou sur la joue et promis ensuite de te passer un coup de fil, tu aurais pu en conclure avec certitude que tu ne l'excitais pas. Mais puisqu'il a essayé sans y parvenir de te faire l'amour, tu n'y es pour rien.

— Je craignais que c'était de me voir sans mes vêtements qui l'avait... J'ai trente-huit ans, tu comprends.

— Il ne s'agit pas de toi, Elizabeth. Mais de lui. Médicament contre la tension. Stress. À moins que de gagner tout ce fric ne l'épuise.

— J'ai fait de mon mieux, affirma-t-elle. Je sais seulement ce qui marchait avec Hal, mais j'ai tout essayé.

— Comment l'a-t-il pris ? demandai-je.

— Lui ?

— Oui.

— J'en sais rien.

— Dieu du ciel !

Je m'efforçai de dissimuler mon exaspération. J'étais navrée pour elle. J'avais l'impression de m'adresser à une enfant égocentrique.

— Tu devrais peut-être passer à autre chose, lui conseillai-je.

— À quoi ?

— Au premier type qui te semblera convenir. Sans te précipiter. J'aime les hommes, mais je m'en passe aussi très bien. Je me suffis à moi-même.

— On croirait entendre de la propagande féministe. Sans un homme, une femme n'arrive à rien. Tu le sais parfaitement.

— En fait, chérie, je n'en sais strictement rien.

— Là où il y a des hommes, il y a du fric. Et toutes celles qui prétendent le contraire se racontent des histoires.

— Tu vas donc continuer à le voir ?

— Absolument.

– Et en fin de soirée, tu rentreras avec lui pour le... Quoi ? Le masturber.

– C'est là que se trouve le fric. Tu ferais exactement la même chose.

À condition d'être assez rapide, je pouvais encore la pousser sous les roues d'une des bennes à ordures qui sillonnaient Summer Street. Ça mettrait fin à toutes ses misères comme à la mienne. Je pourrai même plaider l'euthanasie.

– Tu ferais comme moi, insista-t-elle. Tu le sais très bien.

– Bien sûr, répliquai-je. Exactement comme toi.

24

Je me trouvais dans un magasin de Cambridge, à l'enseigne de The Blossom Shop[1], et je parlais à sa patronne, femme aux cheveux noirs coupés court, vêtue d'un jean et d'un pull à col roulé noir, le nez chaussé de lunettes de grand-mère à monture dorée. Elle avait le teint très pâle, les yeux charbonneux de mascara et les lèvres peintes en noir.

— Vous ne vous appelleriez pas Addams, par hasard ? lui demandai-je.

Elle me répondit qu'elle s'appelait Blossom.

— Comme la boutique, ajouta-t-elle.

— Quelle charmante coïncidence ! Je travaille avec l'inspecteur Larkin, lui expliquai-je.

— Je ne connais pas de flic.

Je lui tendis une photocopie du relevé de facturettes de carte de crédit.

— Trois des débits correspondent à des achats de fleurs, lui dis-je. J'aimerais savoir à qui ces fleurs étaient destinées.

— Vous êtes de la police, dites-vous ?

— ...

1. La Boutique Florale.

— Laissez-moi vérifier.

Elle se rendit au fond de la boutique, s'assit devant un ordinateur et tapota quelques instants sur le clavier.

— Les trois livraisons étaient adressées à Mary Lou Goddard, Chesnut Hill. Vous voulez l'adresse ?

— Non. Je la connais.

— C'est un indice important ? s'enquit Blossom.

— Il se pourrait. Lisez les journaux.

Ayant pris congé de Blossom, je regagnai ma voiture et allai m'entretenir avec Larkin à Central Square. Je trouvai une place libre juste devant le poste, le long du trottoir et devant un panneau annonçant RÉSERVÉ AUX VÉHICULES DE LA POLICE. Larkin était installé avec cinq autres inspecteurs dans la salle de brigade. Il se leva à mon approche, tira à lui la chaise du bureau voisin et la plaça à côté de la sienne. Je m'assis.

— Farrell m'a téléphoné. Vous êtes entrée illégalement dans une demeure protégée par des scellés.

— Exactement, répondis-je.

Le portrait encadré d'une femme et de trois jeunes enfants était posé sur le bureau de Larkin.

— La thèse du suicide de Reeves ne vous donne pas entière satisfaction ?

— Non.

— Elle nous plaît bien, à nous, rétorqua-t-il.

— À Farrell aussi. Vous avez pu retrouver l'origine du .357 ?

Larkin haussa les épaules. Ses cheveux blonds et raides étaient tirés en arrière et il avait le visage rougeaud et une épaisse moustache blond roux. Il portait une alliance en or à la main gauche.

— Pas encore, admit-il. Personne ici ne semble estimer que cette recherche soit prioritaire.

— Il n'est pas déclaré au nom de Reeves ?

— Lorsque vous étiez flic, Sunny, dans quel état se trouvaient les archives du permis de port d'arme ?

— Chaotique.

Larkin sourit.

— Donc, poursuivis-je, nous ne savons même pas s'il appartenait à Reeves.

— Il a pu l'acheter hors des frontières de l'État, fit-il remarquer. Ou illégalement. Il aurait même pu l'acheter au coin de la rue et remplir tous les formulaires pour qu'un fonctionnaire de Boston l'enregistre ensuite au nom de Zbigniew.

— On lui a délivré un permis ?

— Pas nous, en tout cas.

— Mais quelqu'un s'en est chargé ?

— Ouaip.

— Peut-on le certifier ?

— Le « certifier » ? Vous causez rudement bien, Sunny !

— Mais est-ce faisable ?

— Bien sûr. À l'occasion.

— Pourriez-vous vous en charger ?

Larkin me sourit.

— Avez-vous déjà songé à quel point nos enfants seraient blonds si nous nous appariions ? demanda-t-il.

— Je ne pense qu'à ça, répondis-je. Essayez de me dégotter des infos sur ce .357.

— Est-ce que nos chances de nous accoupler un jour en sortiraient grandies ?

— Ça ne leur nuira pas. (Je désignai d'un coup de menton la photo posée sur son bureau.) Mais ça risque de leur nuire à eux.

Il regarda la photo et sourit.

— Ouais. Comme toujours.

Je traversai le fleuve, empruntai la Mass Pike et roulai jusqu'à Natick. Le motel que je cherchais évoquait un manoir normand. Mais je n'étais pas dupe. Je me garai dans le parking, entrai dans le hall et demandai à parler au directeur à la réception. Le gérant n'était pas disponible, mais son adjoint l'était. Il ferait l'affaire.

Il s'appelait M. Francis. Son bureau était petit et bien tenu. Lui-même était grand, mince et soigné. Complet gris, cravate rouge, chemise blanche, soupçon d'eau de Cologne. Il sortait de chez le coiffeur.

– Je m'appelle Randall, déclarai-je. Je travaille avec les services de police de Boston sur un suicide qui pourrait être un meurtre et j'ai besoin de quelques renseignements.

J'avais plus ou moins marmotté les mots « travaille avec », mais il était un peu trop futé pour moi.

– Navré de vous importuner, répondit-il, mais puis-je voir une pièce d'identité ?

Je lui tendis mes papiers. Il les consulta.

– Vous êtes détective privé, fit-il observer.

– En effet.

Ça n'eut pas l'air de le perturber. Il était payé pour faire plaisir aux gens.

– En quoi puis-je vous être utile ?

– Je dispose d'un relevé de facturettes de carte de crédit. L'une d'elles règle une nuitée dans cet hôtel. Pourriez-vous me dire qui y a séjourné à cette occasion ?

– Je peux uniquement vous dire sous quel nom le client s'est inscrit. Ce qui risque de s'avérer fort différent, bien entendu.

– Je sais. Mais quoi que vous puissiez m'apprendre, je vous en serais reconnaissante.

Il prit le relevé, s'excusa et sortit du bureau. Cinq minutes plus tard, il était de retour. Ces dossiers étaient visiblement mieux tenus que les registres du permis de port d'arme.

– M. et Mme Lawrence B. Reeves, de Cambridge, annonça-t-il.

– Croyez-vous qu'un de vos employés ait pu garder le souvenir de Mme Reeves ?

– C'est quasiment exclu, déclara M. Francis. Ça remonte à plus d'un mois. Nous inscrivons cent clients par jour sur nos livres, sinon plus. À moins d'un détail sortant de l'ordinaire...

– Peut-être qu'en en parlant avec l'employé de la réception...

– Il me faudrait consulter les registres du personnel pour savoir qui était de service ce jour-là, ce qui exigerait beaucoup de temps et de travail de ma part et personne, croyez-moi, ne se souviendra d'un visage anonyme, faute d'une bonne raison pour cela. Ces personnes sont-elles particulièrement remarquables ?

– Pas au sens où vous l'entendez.

– Alors, ce serait une perte de temps pour tout le monde. Lorsqu'on travaille avec le public, les visages ont tendance à s'estomper, ne serait-ce que par mesure de sauvegarde.

Il avait raison et je le savais. Je le remerciai donc et je pris congé. Était-ce Mary Lou qu'il avait amenée dans ce motel ? Ce n'était pas impossible. En toute clandestinité, évidemment, sinon pourquoi rouler jusqu'à Natick et descendre dans un motel au lieu de la conduire, comme Bonnie, dans sa garçonnière de Cambridge ? Il s'agissait de toute évidence d'une femme qui ne tenait pas à être reconnue. De quelqu'un dont les critères professionnels exigeaient qu'elle soit lesbienne et féministe. Il me semblait tenir une piste. Comme c'était excitant ! Stimulée par ce premier succès, je rentrai à Boston pour aller m'entretenir avec un membre de son université. Dans la mesure où je courais poussivement après un diplôme des Beaux-Arts, encore fort éloigné, de l'université de Boston, je savais où me garer et où m'adresser. Mais, au regard de ce que j'y ai appris sur Lawrence B. Reeves, j'aurais aussi bien pu être étudiante en ingénierie hydraulique. Lawrence B. était instructeur à temps partiel depuis cinq ans, dans la section cours du soir de philo. Il était titulaire d'une maîtrise de philosophie de l'université du Wisconsin et, si l'on en jugeait par le CV que contenait son dossier personnel, avait achevé son cursus par un doctorat en philosophie et était inscrit en tant que maître-assistant (toutes disciplines sauf la dissertation). À l'instar de nombreux enseignants donnant des cours du soir dans de grandes écoles urbaines, Lawrence n'était visiblement pas un acharné.

25

Au matin, douchée, coiffée quasiment à la perfection et l'estomac plein d'excellent café et d'un scone aux flocons d'avoine glacés au sirop d'érable, je me rendis au bureau de Mary Lou Goddard, au centre-ville, pour discuter avec elle. La moquette tachée de sang de la réception avait été remplacée. Mary Lou se trouvait dans son bureau, séparée par une paroi vitrée de celui de ses subordonnées. Elle me toisa en contenant difficilement son mépris lorsque sa secrétaire m'introduisit.

— Nous n'avons plus rien à faire ensemble, mademoiselle Randall.

— Je connais la raison, fis-je.

— Je me suis parfaitement fait comprendre, me semble-t-il, lorsque je vous ai congédiée.

— Je suis au courant pour Lawrence Reeves et vous. Je sais que vous êtes descendue avec lui au Locksley Hall Hotel de Natick.

Je n'en savais strictement rien. Rien ne me prouvait que Mary Lou était sa partenaire ce soir-là. Ce n'était qu'une simple intuition. Mais une bonne : Mary Lou me dévisagea comme si je m'étais proposée de l'éviscérer. Elle resta un moment pétrifiée sur sa chaise, à me fixer, puis se leva, traversa la pièce pour fermer la porte et alla se rasseoir derrière son bureau.

– Que voulez-vous ? demanda-t-elle.

– La vérité, répondis-je.

En fait, mes espérances étaient beaucoup plus modestes, mais ma réponse laissait entendre que j'en savais infiniment plus qu'il n'y paraissait, sans rien dire de ses résonances dramatiques. Peut-être allait-elle y répondre par un narquois : *Vous ne la supporteriez pas.* Mais peut-être aussi réagirait-elle en laissant échapper une information essentielle.

– Qui d'autre est au courant ? demanda-t-elle.

– Je ne m'en suis encore ouverte à personne, déclarai-je. J'ignore ce que savent Farrell et Larkin.

– Qui sont ces gens ?

– Farrell est l'inspecteur de Boston qui vous a interrogée. Larkin est un flic de Cambridge. Reeves est mort à Cambridge.

– Pourquoi ne laissez-vous pas tomber cette enquête ? demanda-t-elle.

Sa voix trahissait plus d'affliction que de colère. C'était une bonne question. Je gardai le silence un instant, le temps d'y réfléchir.

– Je suis détective, répondis-je. Ce qui, concrètement, signifie que j'aime bien découvrir ce qui est caché, et, plus abstraitement, que je me soucie de la justice.

– En voilà une réponse ! s'exclama Mary Lou. En ce qui me concerne, elle ne veut strictement rien dire.

– Je vais la reformuler, lui proposai-je. Je ne peux pas laisser tomber cette enquête parce qu'enquêter est très précisément ce dont je m'occupe.

– Freud a écrit qu'amour et travail étaient les deux choses qui comptaient le plus pour les gens.

– Um hum.

— Et c'est votre travail.

— Um hum.

— Même lorsque vous n'êtes pas payée pour le faire ?

— Personne ne me paie en l'occurrence, répondis-je. Je suis entre deux chaises.

— Mais pas désœuvrée.

— Exactement, admis-je. Alors, pourquoi ne me parleriez-vous pas de Lawrence B. Reeves ?

Mary Lou joignit précautionneusement les doigts devant sa poitrine et se laissa aller contre le dossier de son fauteuil pivotant pour contempler le clocher formé par ses mains.

— Cette organisation s'appelle *Des Pas de Géantes*. Nous y conseillons les femmes dans une perspective féministe. Je suis une lesbienne avouée et publiquement reconnue, et ce fait sous-tend toute notre activité.

— De sorte qu'une partie de jambes en l'air avec un mâle nuirait à votre commerce.

— À tout. À nos affaires, à la lutte des femmes pour leurs droits, à ma relation avec la personne dont je partage la vie.

— Et cette personne est une femme ?

— Oui. Natalie.

— Natalie comment ?

— Goddard. Elle a adopté mon nom de famille.

— Elle vit avec vous ?

— Non. Nous nous efforçons de ne pas reconduire le sempiternel cadre de vie étroit dans lequel se sont fourvoyées tant de nos sœurs mariées.

— Où habite-t-elle ?

— Elle est propriétaire d'un appartement sur Revere Street.

— Elle sait, pour Lawrence ?

— Non.

— Parlez-moi de lui.

— Je suis à tous égards une lesbienne : philosophiquement, socialement et politiquement. Mais j'ai été trahie par... faute d'un terme plus adapté... par la biologie. Je suis biologiquement bisexuelle. J'éprouve de temps à autre le besoin impérieux de faire l'amour avec un homme.

— Et Lawrence B. était le dernier en date ?

— Oui.

— Il y en a eu d'autres ?

— Oui. Ils n'ont jamais su mon nom, pas plus que moi le leur.

— Vous les levez dans un bar, ou ailleurs ?

— Oui. Je ne suis pas d'une beauté renversante. Mais je ne suis pas très difficile et certains hommes me trouvent désirable. Je leur rappelle sans doute leur mère.

— Mais pas Lawrence ?

— Non. Pour une excellente raison : il me connaissait déjà. Je ne sais pas exactement par quel biais. Il a peut-être assisté à l'une de mes conférences ou lu des articles sur moi dans la presse. Je suis peut-être devenue un peu trop célèbre pour continuer à draguer mes amants dans les bars.

— Vous ne l'avez pas vu qu'une seule fois ?

— Non. Il n'était ni beau ni particulièrement sophistiqué. Mais il était doué au lit, cultivé, et ce que je préférais en lui pouvait soutenir une discussion intellectuelle. Nous avons toujours été très discrets. Nous nous retrouvions en banlieue. Lawrence réservait la chambre d'hôtel et j'allais l'y rejoindre ensuite. Personne ne m'a jamais reconnue.

— Que s'est-il passé, alors ?

— Il en demandait trop. Plus que je n'avais à lui offrir. Il s'est épris de moi. S'est mis à m'envoyer des fleurs. À me téléphoner. Natalie a commencé à me poser des questions sur tous ces bouquets qui envahissaient mon appartement. Au bout de quelques nuits, je lui ai fait savoir que nous ne pourrions plus nous revoir. Il a piqué une colère. M'a traitée de salope, ce terme péjoratif que les hommes emploient à tout bout de champ pour désigner les femmes.

L'expérience m'avait appris qu'il existait des termes beaucoup plus péjoratifs, mais je n'étais pas là pour ergoter.

— Et ensuite ?

— Il s'est mis à me harceler. D'abord des coups de fil. Puis des lettres, quand j'ai changé de numéro de téléphone.

— Insultantes ?

— Oui. Obscènes, violentes.

— Par exemple ?

Elle secoua la tête.

— C'est trop ignoble.

— Vous n'en auriez pas gardé ?

— Non. Au bout d'un certain temps, je les lui retournais sans les ouvrir. C'est là qu'il a commencé à me suivre partout où j'allais, et que j'ai décidé de vous engager.

— Croyez-vous qu'il ait pu embaucher quelqu'un pour vous tuer ?

— Il était capable de tout.

— Compte tenu de la fureur qui l'habitait et du fait qu'il détenait apparemment un pistolet chargé, n'était-il pas plus vraisemblable qu'il le fasse lui-même ?

— Je n'en sais rien. Je ne sais qu'une chose : il n'était plus dans son état normal.

— Croyez-vous qu'il aurait pu se fourrer ce pistolet dans la bouche et se faire sauter la cervelle après avoir appris que le tueur qu'il avait engagé s'était trompé de cible ?

Elle frissonna, les doigts toujours tendus devant elle.

— Je n'en ai aucune idée, répondit-elle.

Elle baissa la tête et pressa ses doigts joints contre son front. Le geste me parut un peu artificiel, comme s'il avait été mille fois répété.

– Mon Dieu... Si seulement je n'avais pas fait cela. J'ai tellement honte. Je hais cet aspect de ma personne. C'est comme un prurit, une démangeaison qu'on ne peut s'empêcher de gratter.

Elle releva la tête pour me regarder. Ce geste-là manquait tout autant de naturel.

– Quelle triste opinion vous devez avoir de moi, souffla-t-elle.

– Admettons que Lawrence n'ait pas engagé un tueur à gages, avançai-je.

– Il a reconnu l'avoir fait.

– Juste histoire d'apporter un nouvel éclairage à l'affaire. Supposons qu'on ait effectivement souhaité la mort de Gretchen. De qui pourrait-il s'agir ?

– C'est grotesque. Personne n'aurait cherché à tuer Gretchen. De toute évidence, c'était moi la cible.

– Cela vous ennuierait-il que je compulse ses dossiers, pour voir comment elle se débrouillait professionnellement ?

– Cette liaison avec Lawrence pourra-t-elle rester entre nous ?

Donnant-donnant. Échange de bons procédés.

– Je n'ai aucune raison, actuellement, de m'en ouvrir à quelqu'un.

– Il me semble que vous perdez votre temps, déclara Mary Lou, mais vous êtes libre de consulter tout votre soûl les dossiers de Gretchen.

26

Je passai le plus clair de la journée dans le box de Gretchen Crane. L'absence de toute occupation humaine semblait d'une certaine façon rendre ce minuscule habitacle, environnement déjà si stérile en soi, plus vide encore qu'il n'était concevable. Le silence l'avait comme imprégné. Je fouillai systématiquement ses classeurs et explorai le disque dur de son ordinateur. J'y trouvai des listes de femmes, maltraitées de diverses façons et classées en fonction de ces maltraitances : mauvais traitements conjugaux, harcèlement sur le lieu de travail, etc. Des dossiers de ce genre. Ainsi que des listes de lois, classées par États, qui semblaient plus ou moins répressives pour les femmes ; les noms de personnages publics, assortis des positions qu'ils avaient prises sur divers problèmes féminins, des listes de législateurs et les archives des positions qu'ils avaient prises lors de divers votes relatifs à l'adoption d'une loi concernant le statut des femmes. Un recueil de blagues sexistes. Un vaste dossier sur la prostitution considérée comme l'incarnation même du sexisme, où les femmes n'étaient guère mieux traitées que du bétail. Un projet de syndicat de prostituées, avec une note :

Voir dossier maison. Des coupures de presse tirées de quotidiens ou de magazines, au contenu visiblement sexiste.

Cette accumulation massive menaçait, en fin de journée, de me rendre parano. Je n'étais pas sans connaître l'existence du sexisme, bien entendu, et je savais que la mission dévolue à Gretchen dans cette organisation consistait précisément à en recueillir les preuves, puisqu'elle y occupait le poste de documentaliste. Mais si un seul après-midi de lecture suffisait à me rendre parano, que n'avait-elle éprouvé ? Et que ne devait ressentir Mary Lou, lorsqu'elle n'était pas occupée à se gratter là où ça la démangeait ? Je connaissais pour ma part quantité de sexistes – fait qui jouait fréquemment en ma faveur –, car nombre d'hommes avaient tendance à me sous-estimer. Mais je connaissais également des mâles qui n'étaient en rien des sexistes. Pour de nombreux hommes de ma connaissance, leur femme était et avait toujours été la meilleure amie, la compagne, la partenaire, la conseillère et le pivot même de leur existence. Richie lui-même, sous de nombreux aspects, était ainsi fabriqué. Peut-être même trop. Un zeste de sexisme ne nous aurait sans doute pas fait de mal. Et je me souvenais encore de la réaction de Mary Lou lorsqu'elle avait aperçu ma Rosie pour la première fois. Pur racisme. Flagrante cynophobie.

Ce n'était pas tout : j'avais certes déterré un plein tombereau de matériau relatif au sexisme, mais rigoureusement rien sur Gretchen. Ses dossiers ne recelaient aucun indice personnel. Aucune photo sur son bureau. Pas la moindre indication qu'elle eût mené une autre vie que cette existence claquemurée dans ce box, où elle se renseignait sur tous les mauvais coups qu'on pouvait faire au sexe faible. Sa vie était-elle à ce point misérable, ou bien se chargeait-elle elle-même de la cloisonner ?

Je suis revenue dans le bureau de Mary Lou pour lui poser la question.

— J'ignore tout de Gretchen, à part ce qu'elle faisait sur son lieu de travail, me répondit-elle. Il me semble qu'elle s'est mariée une fois, mais qu'elle a mis fin à cette union avant de prendre son poste chez nous.

— Son adresse personnelle ?

Elle me la donna.

— Et son ex-époux ? Vous connaissez son nom ?

— Non.

— Crane, peut-être ?

— Je doute fort qu'une femme aussi éclairée que Gretchen ait gardé le nom de son ex-mari.

— Sans doute pas. Vous ne sauriez pas où il habite, par hasard ?

— Non. Et je vois mal en quoi ça peut vous intéresser.

— Je ne crois pas au suicide de Lawrence Reeves, déclarai-je. Ce qui remet tout en cause.

— Puis-je savoir pour quelle raison vous nourrissez de nouveau ce singulier scepticisme ?

— Il ne disposait pas de munitions pour charger l'arme qui l'a tué. À ma connaissance, personne n'achète une arme de poing sans acheter au moins une boîte de cartouches pour la garnir. Mais mettons qu'il l'ait fait et que son arme n'ait pas été chargée... serait-il sorti en courant pour acheter six cartouches ? On n'a aucune trace d'un permis de port d'arme, qui serait nécessaire dans cet État pour acheter un revolver et des munitions. Il n'était pas homme à posséder un revolver. Ni homme à savoir s'y prendre pour recruter un tueur à gages. Ni même, à mon avis — je le regrette infiniment — homme à se donner la mort.

— Vous ne le connaissiez pas assez pour porter ces jugements sur lui, fit remarquer Mary Lou.

— Absolument d'accord, répondis-je. Pas plus que

je ne le connaissais suffisamment pour décider s'il aurait pu posséder une arme, connaître un tueur ou se tuer. Mais ce sont néanmoins des jugements qu'il est nécessaire de porter ; soit il l'a fait, soit il ne l'a pas fait... et, dans l'affirmative, les conséquences sont suffisamment embarrassantes pour m'inciter, à tout le moins, à envisager d'y répondre par la négative.

— Eh bien, je ne chercherai pas à réfuter votre logique.

— Merci. Et, si ça tient debout, il en résulte qu'un tiers a sans doute tué Gretchen, et l'a peut-être fait intentionnellement. Auquel cas, la clé de l'énigme ne pourra se trouver que dans sa vie privée, et non dans la vôtre.

— Pourquoi la police n'est-elle pas parvenue à cette conclusion ?

— Parce que la police doit résoudre en même temps une chiée d'autres affaires et que, si elle est à même de boucler l'une d'entre elles sans bavures, elle n'a ni le temps ni les loisirs de chercher la petite bête.

— Mais vous, oui ?

— Exactement.

— Eh bien, vous vous trompez du tout au tout, à mon avis, laissa tomber Mary Lou. Mais votre soif de justice m'inspire une grande admiration.

— Ça ou autre chose.

— Ça ou autre chose.

27

Gretchen vivait dans un complexe de Stoneham, un peu en retrait de la route 28. J'expliquai au gardien que j'appartenais à son bureau et que je devais vérifier si elle n'avait pas emporté à la maison du travail qu'il m'aurait fallu y rapporter. Il hocha la tête d'un air compréhensif et me fit entrer dans son appartement.

— Ça risque de prendre un certain temps, assurai-je.

— Bien sûr. Vous n'aurez qu'à tirer la porte en sortant. Elle se ferme automatiquement.

— Promis.

Je regardai autour de moi. Le silence qui régnait dans son appartement était encore plus pesant que dans son bureau. J'avais l'impression qu'il m'écrasait. Les murs des trois pièces étaient peints en blanc. Rien n'y était accroché : ni tableaux ni tapisseries exotiques ni affiches de film ni photos de quiconque ni miroirs, à l'exception de celui de l'armoire à pharmacie de la salle de bains.

L'ameublement était quasi monastique. Celui du living-room se composait d'un divan beige aux bras d'érable, d'une table peinte carrée entourée de quatre chaises à dos droit ; un ordinateur était installé devant une des chaises et une imprimante gisait sous la table. La chambre à coucher ne comportait qu'un lit d'une seule personne, avec des draps blancs et une couverture de l'armée, et un bureau en bois blanc dressé contre le mur opposé.

Quant à la salle de bains carrelée de blanc, elle hébergeait un lavabo d'un seul bac, un WC blanc, une cabine de douche blanche au rideau blanc et l'armoire à pharmacie blanche citée plus haut, avec son miroir. Gretchen n'avait certes pas donné dans le flamboyant. L'armoire à pharmacie contenait une brosse à dents et un tube de dentifrice soigneusement enroulé sur lui-même à partir du bas ; ainsi qu'un flacon d'alcool à 90° et une boîte de fortifiant pour les gencives. Son placard recelait trois de ces vêtements que ma grand-mère appelait des robes d'intérieur et le râtelier à chaussures posé sur le sol s'ornait d'une unique paire de solides baskets aux épaisses semelles. J'ai trouvé dans sa commode des Tampax, cinq T-shirts blancs, plusieurs paires de socquettes blanches, deux jeans et quelques sous-vêtements fonctionnels. Tant placard que commode auraient permis de stocker bien davantage. Il faut croire qu'à nous deux nous faisions une moyenne à peu près convenable.

Son réfrigérateur n'abritait qu'une miche de pain aux sept céréales et un berlingot de lait tourné. Quelques plateaux-repas végétariens étaient entreposés dans le congélo, avec un paquet de hamburgers à base de soja. Pas la moindre goutte d'alcool dans tout l'appartement. Rien dans cette maison, au demeurant, ne suggérait une existence exaltante.

Je retournai dans le salon, m'assis à la table et allumai l'ordinateur. Je suis loin d'être la reine du cyberespace, mais j'avais un ordinateur du même modèle et je connaissais quelques rudiments, ne serait-ce que pour l'allumer. J'explorai son disque dur quelques instants, sans rien trouver de bien conséquent. Une liste de courses, un logiciel lui permettant de consulter son compte bancaire par correspondance mais exigeant un mot de passe, un dossier intitulé *Adresses, Contacts, etc.*, et un autre *Courrier*. J'ouvris ce dernier et je lus les copies des lettres qu'elle avait envoyées. Elles ne m'apprirent strictement rien, sinon qu'elle avait une sœur à Toronto. J'ouvris *Adresses, Contacts, etc.* Un fourre-tout, visiblement : l'adresse et le numéro de téléphone (personnels et professionnels) de Mary Lou Goddard y figuraient ; ainsi que ceux d'un certain nombre de gens, probablement des collègues. Nombre d'entre eux avaient la même adresse professionnelle que Mary Lou. Rien de particulier dans ces adresses, à part un nom et un numéro de téléphone qui m'étaient connus : ceux d'un certain sergent Robert Franco, inspecteur aux Mœurs. Quant au numéro, c'était celui du QG des services de police de Boston. Ce nom et les autres adresses collaient à peu près aussi bien ensemble que petits fours et hareng haché. Je contemplai le nom un bon moment. Étais-je en présence d'un indice ? Je passai la main sous la table, j'allumai l'imprimante de Gretchen et j'imprimai l'unique page de sa liste d'adresses. Puis j'éteignis tout, je fourrai la liste dans mon sac et je ressortis. La porte se referma derrière moi et se verrouilla automatiquement.

28

Je donnai rendez-vous à Bobby Franco dans un *diner* de Roxbury, sur Mass Avenue et près de l'angle de Magazine Street, pour y prendre un café. C'était un petit type rondouillard, guère plus grand que moi, assez mignon dans son genre : chauve, petite moustache et gentil sourire. À mon arrivée, il se leva du tabouret où il était assis, devant le comptoir.

— Sunny Randall !

Il portait de petites lunettes de soleil, un jean, des godillots et un sweater gris sous un gilet de base-ball VFW ; la capuche du sweater était passée par-dessus le gilet. Les flics des Mœurs adorent être tirés à quatre épingles.

Je pris un tabouret à côté du sien et commandai un thé.

— Demande une part de tarte avec, suggéra Bobby.

— Une part de tarte ? m'exclamai-je. Tu perds la tête ? Si je mange une part de tarte ici avec toi, mon jean sera trop étroit quand je me relèverai.

— C'est bien ce que j'espérais.

— Tu rêves ! Plus marié que toi, tu meurs !

– Ça ne veut pas dire que j'ai les yeux dans ma poche.

Mon thé arriva, accompagné d'une autre tasse de café pour lui.

– Je t'ai appelé parce que j'ai trouvé ton nom sur une liste d'adresses, relevée chez une certaine Gretchen Crane, récemment assassinée d'une balle dans la tête.

– Crane ?

– Oui. Gretchen Crane. Elle a été assassinée, voilà une semaine et des poussières. La Crime a conclu à l'erreur sur la personne.

– Tu n'es pas de cet avis ?

– Je n'en sais rien. Le bon côté de l'hypothèse, c'est qu'elle élucide deux affaires à la fois.

– Ça fait généralement le bonheur de la hiérarchie, reconnut Bobby.

– Je me contrefiche désormais de la hiérarchie, répondis-je.

– Tant mieux pour toi. Comment ça se passe, dans le privé ?

– Pas de hiérarchie.

– Ni de retraite.

– La perfection n'est pas de ce monde, assurai-je. Tu connaissais Gretchen Crane ?

– Ouais. Curieuse bonne femme.

– Sans aucun doute. Pour quelle raison avait-elle tes nom et numéro de téléphone ?

– Il me semble qu'elle les a obtenus par un rédacteur du *Globe*, répondit Bobby. Elle m'a appelé pour prendre rendez-vous et m'a retrouvé à Roxbury. Tu la connaissais ?

– La seule fois où je l'ai rencontrée, elle était déjà décédée.

– Difficile de faire connaissance dans ces conditions, convint-il.

Derrière le bar, la vendeuse plaça une part de tarte

sur une assiette et l'apporta à un Noir corpulent, à l'autre bout du restaurant.

— C'est un clafoutis aux cerises ? lui demanda Bobby à son retour.

— Naturellement.

— Je ferais mieux d'en prendre une part.

— Bien sûr.

Elle posa une part de tarte sur une assiette, puis l'assiette devant Bobby, avec une fourchette. Il en mangea une bouchée.

— Nom de Dieu ! s'exclama-t-il. C'est bel et bien un clafoutis.

— Tu m'en vois ravie pour toi. Gretchen Crane ?

— Une femme très, très sérieuse. (Bobby sirota une gorgée de café.) Elle voulait connaître mon avis sur la prostitution.

— Pourquoi ?

— Pour une sorte de projet de recherches.

— Qu'est-ce que tu as fait ?

— Je lui ai permis de m'accompagner dans mes tournées pendant un ou deux jours. Je l'ai présentée à la ronde. Elle voulait savoir s'il existait une manière de... comment formulait-elle ça, déjà ?... ah, oui... d'intégration verticale dans la prostitution.

— D'intégration verticale ?

— Ouais. J'ai d'abord cru qu'il s'agissait d'une position érotique, mais elle m'a détrompé. Elle s'intéressait, m'a-t-elle dit, aux hommes qui règnent sur la prostitution. Elle parlait de « chaîne de commandement ».

— Ça suggère une organisation plus complexe que tout ce dont j'ai entendu parler.

— En effet, répondit Bobby. Elle m'a dit avoir appris que le gros bonnet serait un dénommé Tony Marcus. Autant que je sache, lui ai-je répondu.

— Et ?

– Elle m'a expliqué qu'elle avait rendez-vous avec lui. Et je lui ai répondu qu'il ne s'agissait absolument pas d'un individu avec qui une femme comme elle pouvait bavarder. Elle m'a accusé de sexisme, en ajoutant que je ne lui aurais jamais dit une chose pareille si elle avait été un homme.

– Pourtant, tu aurais bel et bien réagi de la même façon ?

– Bien entendu. À moins d'être flic, on ne « bavarde » pas avec Tony Marcus. Qu'on soit mâle ou femelle.

– J'abonde totalement dans ton sens.

– Tu me trouves sexiste, mon petit chou ?

– Profondément.

– Quoi qu'il en soit, j'ai donné un coup de fil à Tony pour lui annoncer qu'elle passerait le voir. Juste au cas où.

– Toujours au même endroit ?

– Ouaip. Toujours au Buddy's Fox, dans le South End.

– Je sais où c'est.

– Tu comptes aller tailler une bavette avec lui ?

– Oui.

– Tu veux que je t'accompagne ?

– J'apprécie ta sollicitude, sale fumier de sexiste, mais, non, merci.

– Tu règles ma tarte et mon café ? s'enquit Bobby.

– C'est un travail d'homme, répondis-je.

29

Julie était assise au comptoir de ma cuisine en fin d'après-midi ; elle avait le visage tiré, les yeux bouffis, et buvait du bourbon à l'eau.

— J'aimerais fumer, déclara-t-elle.

— Tu tâtes de tous les vices ?

— Qu'est-ce que tu veux dire ?

— Tu bois pas mal, déjà.

— Et quand bien même ?

— Je badinais, c'est tout. Tu m'as l'air au trente-sixième dessous.

— J'y suis.

— Que puis-je faire pour toi ?

— M'accompagner pour mon avortement.

— Tu es enceinte ?

Elle but un peu de bourbon. À l'autre bout du loft, Rosie releva la tête de mon lit où elle s'était assoupie. Elle chercha des yeux une éventuelle présence de nourriture, associée dans sa tête au tintement des glaçons dans un verre, n'en vit aucune et baissa de nouveau la tête.

— C'est le minimum requis pour un avortement, déclara Julie.

— Question stupide. Désolée.

— Pas grave. Je vois mal comment tu aurais pu me répondre intelligemment.

— En hochant la tête sans l'ouvrir, peut-être ?

— Peut-être.

Longue minute de silence.

— Je peux en avoir encore un doigt ? demanda Julie.

— Qu'en pense Michael ?

— Il n'est pas au courant.

— Il est de lui ?

Julie avala une nouvelle gorgée.

— Non.

— On sait de qui il est ?

— Probablement de Robert.

— Il le sait ?

— Non.

— Tu ne crois pas qu'il devrait le savoir ?

— Nous trouverons sûrement l'occasion, à un moment donné, de discuter de ce que je fais de ma vie, déclara Julie. Mais pour l'instant, Sunny, je ne te demande pas de jouer les Jiminy Cricket. Je vais me faire avorter et la perspective d'y aller toute seule me fout les jetons.

— Naturellement, répondis-je. Bien sûr que je vais t'accompagner.

Sur mon lit, dans son sommeil, Rosie émit deux petits jappements canins. Julie contempla quelques secondes son verre avant de boire.

— Je n'aurais jamais cru devenir un jour ce que je suis devenue, lâcha-t-elle. J'ai toujours eu l'impression que j'épouserais un gentil garçon et que j'élèverais ses enfants, en même temps que je travaillerais à temps partiel pour aider les gens à résoudre leurs problèmes. Mener une existence douce et routinière avec l'homme que j'aimerais. Voyager un peu, peut-être, quand les enfants auraient grandi.

— Je n'aurais jamais imaginé non plus que je divorcerais un jour, déclarai-je.

— La vie vous joue parfois des tours.

— Je ne suis pas persuadée que la vie soit la principale responsable.

— Oh, Sunny, pour l'amour du ciel, sers-toi un verre et lâche-toi un peu, comme moi.

Je me servis un verre de vin blanc et allai m'asseoir au comptoir à côté d'elle.

— C'est déjà mieux, fit-elle. Le hic, c'est que j'aime beaucoup Michael. Que je l'aime même tout court, probablement. Du moins encore un peu.

— Probablement ?

— Probablement.

— À mes yeux, on aime ou on n'aime pas.

— C'est parce que c'est toi, Sunny. Tu as une vision bien précise des choses. Nette et carrée. Tu sais qui tu es. Tu sais ce que tu veux et à quoi tu tiens. Tu aimes ta chienne. Tu exerces ton métier.

— J'aime ma chienne, répondis-je.

— Tu vois ce que je veux dire ? Net, carré, précis.

— Sauf que j'aime Richie et que nous avons divorcé.

— Les pépins, ça arrive, admit Julie. Mais tu n'as pas paniqué, toi. Tu ne t'es pas fait culbuter par un type dont tu n'avais rien à foutre.

— Je sais ce que je veux.

Julie se servit un peu de bourbon et ajouta des glaçons. Elle ne se donna pas la peine de le couper d'eau ce coup-ci.

— Moi aussi, affirma-t-elle. Je veux faire tout ce qui me plaît et, bordel, je n'ai pas envie qu'on me critique sans arrêt.

— Michael te critique ?

— Il trouve que je ne suis pas une bonne mère et que... que je ne suis pas très performante au lit.

— Tu ne l'es pas ?

– Avec lui ? Non.
– Et il te harcèle à ce sujet ?
– Oui. Mauvaise mère, mauvaise épouse.
– Et plus il te harcèle... ?
– ... Moins performante je suis au lit.
– Et le manège tourne, tourne, tourne...
Julie tapota son ventre encore plat.
– Et il s'arrête là, maugréa-t-elle.

30

Vers midi, j'étais assise dans un box du bar Buddy's Fox avec un Black d'allure dépravée du nom de Tony Marcus, habillé avec une grande élégance et plutôt bien de sa personne à sa façon nonchalante. Son garde du corps, un type gigantesque qu'on appelait Junior, occupait la quasi-totalité du fond du bar et son porte-flingue personnel, un Noir minuscule surnommé Ty-Bop, trépignait près de l'entrée, désœuvré. Le restaurant était à moitié plein. J'étais la seule personne de race blanche de l'assistance. Tony prenait son petit déjeuner.

— Alors, Sunny Randall ? s'enquit-il. De nouveau sur les dents ?

— Cette fois-ci, Tony, déclarai-je, c'est plus ou moins pour la bonne cause.

— Pour la bonne cause ? Quelle horreur ! Vous voulez des œufs ?

— Non, merci, répondis-je. J'ai déjà mangé.

— Sunny Randall la battante. Qu'attendez-vous de moi ?

— Avez-vous eu une conversation avec une Blanche du nom de Gretchen Crane ?

— Pourquoi désirez-vous le savoir ?

Il dégustait avec une grande délicatesse des œufs brouillés aux oignons, en ne portant à sa bouche que de minuscules bouchées et en se tamponnant ensuite les lèvres avec sa serviette.

— Elle s'est fait tuer la semaine dernière.

— Et vous êtes sur l'affaire ?

— On peut le dire comme ça.

— Vous avez un client ?

— Pas actuellement.

— C'était une amie à vous ?

— Je ne l'ai jamais rencontrée.

— Alors pourquoi vous souciez-vous de ce qui lui est arrivé ?

— Il faut bien s'inquiéter de quelque chose.

— Vous avez toujours ce chien rigolo ?

— Non. J'ai Rosie.

— Celle qui ressemble à Spuds McKenzie dans les pubs pour la bière ?

— Oui.

— C'est bien ça, affirma Tony. Inquiétez-vous plutôt d'elle.

J'ai tendu le bras par-dessus la table et j'ai pris un toast triangulaire dans l'assiette de Tony puis j'en ai grignoté une bouchée. Du beurre ! Je n'avais pas mangé de toasts beurrés depuis mon enfance.

— Cette réponse signifie-t-elle que vous ne souhaitez pas faire de déclaration relativement à Gretchen Crane ? demandai-je.

— Non.

J'ai derechef mordu dans le toast.

— Elle est venue me voir il y a trois semaines. Un flic de ma connaissance l'avait adressée à moi.

— Bobby Franco.

— Ouais. Quoi qu'il en soit, elle était foutrement sérieuse. Très chagrinée des conditions faites aux malheureux Noirs, à qui l'on ne laisse aucune chance. Et très préoccupée aussi par le problème de la prostitution.

— De quelle façon ?

— Elle voulait savoir comment ça fonctionnait, comment on traitait les tapineuses, comment le bizness était organisé. Je lui ai répondu qu'on traitait les putes comme des putes, et que le bizness était organisé pour me rapporter du pognon.

— Comment l'a-t-elle pris ?

— Bon sang, elle s'adressait à un gangster noir, répondit Tony... Si je ne lui avais pas parlé sur ce ton, elle en aurait eu le cœur brisé.

— Vous lui avez dit autre chose ?

Il termina ses œufs. La dernière bouchée fut récompensée d'une ultime rondelle d'oignons et d'un dernier toast triangulaire. Tony est un monsieur très ordonné.

— Pas grand-chose. Les dames patronnesses blanches me fatiguent assez rapidement. Je l'ai adressée à Jermaine.

— Qui est-ce ? m'enquis-je.

— Jermaine Lister. C'est lui qui tient mes putes.

— Vous laissez à des tiers le soin de gérer vos affaires ?

— Au bout d'un certain temps, on finit par devenir trop important pour tout gérer soi-même. Lorsqu'on tente le coup, il y a toujours un type pour se goinfrer une part du gâteau dès qu'on lui tourne le dos.

— Wouah ! Ça ressemble singulièrement au « crime organisé »... pour ainsi dire.

Tony sourit.

— Pour ainsi dire, répéta-t-il.

— Elle est allée voir Jermaine ?

— Sais pas.

— Il ne vous l'aurait pas dit ?

— On mène convenablement ses affaires, on délègue

à des tiers et on leur fiche la paix, du moins tant qu'ils ne chient pas dans vos bottes.

– Et s'ils chient dans vos bottes ?

– Alors, Ty-Bop est là pour les ramener à de plus modestes proportions. (Tony eut un large sourire.) Vous voulez parler à Jermaine ?

– Oui.

– Junior ! dit Tony sans prendre la peine de se retourner. Appelle Jermaine et annonce-lui que Sunny Randall passera le voir. Dis-lui qu'elle est réglo, tant qu'elle ne cherche pas à fourrer son nez dans nos affaires.

Junior passa le bras derrière le bar et décrocha un téléphone.

– Je peux savoir pourquoi vous vous montrez si serviable ? demandai-je. Je suis de l'autre côté de la barricade. Je pourrais parfaitement vous alpaguer, si jamais l'envie m'en prenait.

– Je sais, Sunny Randall. Mais vous êtes marrante. Vous êtes belle comme un cœur et vous avez des couilles en béton.

– Vil flatteur ! Vous savez parler aux femmes, vous.

– J'ai envie de voir comment vous vous en sortirez.

– Et si d'aventure je fourrais mon nez dans vos affaires ?

– Alors Ty-Bop se chargerait de vous ramener à de plus modestes proportions.

31

Julie vint me prendre à 8 h 30 et nous gagnâmes en voiture la clinique de Brighton. Quelques manifestants dépenaillés tournaient en rond devant l'entrée. Aucune des femmes ne donnait l'impression d'être jamais destinée à tomber enceinte.

— Tu veux entrer ? demandai-je.

— Pas encore, répondit Julie. Je n'ai rendez-vous qu'à 9 heures. Je déteste patienter dans la salle d'attente, en dévisageant les autres bonnes femmes qui sont dans la même situation.

— On peut patienter dans la voiture, suggérai-je.

Julie contemplait les protestataires.

— Tu crois qu'ils vont nous faire des ennuis quand on entrera ?

— Ils pourraient sans doute t'insulter, te traiter de meurtrière ou te reprocher quelque chose du même acabit, déclarai-je. Mais ils ne m'ont pas l'air très toniques.

— J'espère qu'aucun n'a une bombe...

— Ça m'étonnerait fort.

— Tu te rappelles qu'on a tiré sur une clinique, voici quelques années ?

— Oui.

— Tu es armée, Sunny ?

— Je suis toujours armée, Julie. Mais je doute que ça me serve ici.

Julie continuait de fixer les manifestants ; nous avons observé une minute de silence.

— Tu es bien sûre de toi ? m'enquis-je. Tu veux vraiment le faire ?

— Bien obligée.

— D'accord. Alors cesse de te flanquer la frousse. C'est une intervention de routine. On en pratique tous les jours. À quoi bon te flageller à l'avance ?

— Tu crois que c'est mieux ?

— Pour toi ? Ce n'est pas à moi d'en juger.

— À ma place, tu ferais pareil ?

— Je pense que tu as commis des erreurs que j'espère ne jamais commettre. Mais... oui, si j'en étais où tu en es, c'est très exactement ce que je ferais.

— Que penses-tu du problème de l'avortement en général ? me demanda-t-elle.

Elle était fébrile. Son visage, blême sous son maquillage, le faisait ressortir d'autant plus et le rendait tape-à-l'œil. Elle n'arrêtait pas de déglutir.

— Je m'efforce de ne pas perdre mon temps à considérer les problèmes sous un angle trop général, répondis-je.

— Mais c'est parfois nécessaire.

— En général, je trouve les arguments « pour » aussi convaincants que les arguments « contre ».

— Comment y apporter une solution, en ce cas ?

— Chacun doit faire ce qu'il juge utile.

— Sans savoir si c'est juste ou non ?

— En sachant que c'est juste sur le moment.

— Ça ressemble dangereusement à une morale de circonstance.

— C'est sûrement vrai.

Je consultai l'horloge du tableau de bord.

— C'est l'heure, déclarai-je.

— Oh, mon Dieu ! fit Julie.

— Ce n'est qu'une visite au gynéco comme les autres, la rassurai-je. Je ne te quitte pas.

— Je n'arrive pas à réfléchir. Je ne sais plus où j'en suis.

— Si tu dois en passer par là, Julie, tu devras réviser ensuite tes conceptions sur l'avortement. Qui est un acte nécessaire, justifié dans certaines circonstances et à certaines occasions précises.

— Sunny...

J'attendis. Elle ne broncha pas. Ses yeux étaient remplis de larmes, son souffle court et précipité.

— Si je pouvais te dicter ta conduite, je le ferais, insistai-je. J'aimerais en être capable. Mais je sais au moins une chose : nous pouvons certes repartir, mais ton problème sera toujours là. Et ça empirera tous les jours.

— *Ça !*

Je gardai le silence. Je n'avais plus rien à ajouter. Je scrutai la file de manifestants. *Quelqu'un est-il armé ?* J'ouvris la fermeture Éclair de la banane où était rangée mon arme. Julie poussa la portière et descendit de voiture. Je sortis de mon côté et nous traversâmes la rue en direction de la clinique. « Bande de bouchers ! » marmotta un petit bonhomme grassouillet d'un âge avancé, au front mangé par une frange de cheveux grisonnants, quand nous passâmes devant lui. L'envie de hurler « *Pas moi !* »s'empara de moi et j'eus l'élégance d'y résister ; nous franchîmes la porte d'entrée de la clinique.

32

Chaque fois que je me retrouvais chez Richie, je constatais à quel point sa tanière reflétait fidèlement sa personnalité. Tous les objets dont il avait besoin se trouvaient là, chacun à sa place, bien rangé. Il n'y avait rien de superflu. Aucune ornementation. Rien qui dût sa présence à son seul pouvoir de séduction. À mon entrée, Richie buvait un verre avec Rosie, installé à côté de la chienne ; celle-ci était allongée sur le divan, le museau reposant sur la cuisse de mon ex. À le trouver ainsi les jambes en l'air et la chienne assoupie à ses côtés lorsque j'ouvris sa porte avec ma clef, je me sentis envahie d'une chaude poussée de nostalgie de la vie casanière. Sécurité. Refuge. Régularité. Foyer.

Rosie releva brusquement la tête. Ses oreilles s'inclinèrent légèrement vers moi. Elle me fixa un bref instant, le temps que son petit cerveau prît acte de ma présence, puis elle sauta du divan, fila vers moi et exécuta plusieurs pirouettes pendant que je m'agenouillais pour l'accueillir. Richie tenait toujours son verre à la main et il sourit au spectacle de nos retrouvailles. Les premières effusions passées, je me relevai et il m'ouvrit les bras ; j'allai l'embrasser. Plus passionnément qu'une sœur. Moins qu'une épouse.

— Tu veux prendre un verre ?

— Oui. Qu'est-ce que tu bois ?

— Scotch et soda.

— Ça me semble parfait.

Richie me prépara mon verre et s'en servit un autre, puis nous prîmes place sur le divan, les pieds posés sur le gros pouf installé devant et Rosie entre nous. Je bus une première gorgée et la laissai s'insinuer en moi. Je ne suis pas une grosse buveuse, mais il y a des moments dans la vie où rien ne ressemble davantage à la perfection qu'une boisson forte avec un tas de glaçons.

— Elle a été sage ? demandai-je en regardant Rosie, laquelle, entre nous, semblait au paroxysme de la félicité.

— Bien sûr, répondit Richie. Elle m'adore. Même si elle n'habite pas ici.

— Un peu comme moi.

— Un peu.

Nous bûmes chacun une gorgée.

— Tu es allée voir Tony Marcus.

— Comment le sais-tu ?

Richie haussa les épaules à sa façon bien personnelle. Un haussement d'épaules qui semblait dire : « Eh oui, j'ai mes sources ! »

— Tu ne me ferais pas surveiller, au moins ? demandai-je.

— Par qui ?

— Tu le sais très bien. Ton père ou ton oncle ont sûrement sous la main un gars susceptible de me protéger. Il te suffirait de le leur demander.

— Je sais que tu n'apprécierais pas, répondit Richie.

J'opinai. Nous gardâmes un instant le silence.

— Tu n'as pas exactement répondu à ma question, fis-je remarquer.

— Non. Je ne te fais pas surveiller.

— Mais tu es au courant pour Tony.

Richie me sourit.

— Ma famille le tient peut-être à l'œil.

J'éclatai de rire.

— Tu veux dire que ça ne me concerne pas totalement ?

— Pas *toujours*.

— Quel crève-cœur !

— Tony t'a-t-il appris quelque chose ?

Je lui narrai notre entrevue.

— Jermaine Lister, laissa-t-il tomber lorsque j'eus terminé.

— Tu le connais ?

— Oui.

— Alors ?

— Alors, je ne me mêle pas de tes affaires avant d'y avoir été invité.

— Je t'y invite, déclarai-je.

— C'est un maquereau, aussi stupide que teigneux, à qui Tony a accordé un avancement correspondant à son niveau d'incompétence.

— Pourquoi aurait-il fait une chose pareille ?

— Difficile de savoir, avec Tony. Il fait ce qui lui passe par la tête parce que ça l'amuse et, lorsqu'il commet une erreur, il se contente tout bonnement de l'effacer.

— Il est donc conscient que Jermaine est un incapable ?

— Oh, que oui !

— Et il l'a promu à seule fin de le voir se ramasser ? Ça n'a aucun sens.

— Eh bien, mon oncle assure que Jermaine cherche à détrôner Tony depuis un certain temps. De sorte que Tony lui donne de l'avancement pour qu'il lui rende compte régulièrement de ses activités. C'est une manière de le tenir à l'œil.

— Pourquoi ne se contente-t-il pas de le descendre ?

— Tony est Tony. Il est joueur. Il lui arrive souvent d'avancer un pion juste pour voir ce qui va se passer.

— Moi, par exemple.

— Ouais. Il t'aime bien. Ça ne veut pas dire qu'il ne te tuerait pas si le besoin s'en faisait sentir. Mais tant que tu ne te mêleras pas de ses affaires, il te regardera faire avec délectation. Il n'a jamais rencontré de femmes comme toi.

— Super. Tony m'aime bien.

— Flatteur, non ?

— Tu crois que Jermaine m'aimera aussi ?

— Non.

— Pourquoi ?

— Parce que, à ma connaissance, Jermaine n'aime rien. Et surtout pas les femmes.

— Raison pour laquelle Tony m'adresse à lui, constatai-je.

Richie sourit.

— Il a déjà pris son pied l'an dernier quand j'ai arraché une fille aux griffes d'un de ses proxos...

Richie hocha la tête.

— Et il monte maintenant la barre d'un cran pour voir si je tiendrai tête à Jermaine.

— Tu devrais t'estimer flattée, fit Richie. Tony te traite comme un rival. Pourquoi dois-tu absolument parler à Jermaine ?

— Je remonte la piste d'un meurtre. La femme qui a été assassinée s'est d'abord adressée à Tony, qui l'a ensuite envoyée à Jermaine.

— Et elle est morte depuis ?

— Oui.

— Tu ferais bien de t'en souvenir.

Mon verre était vide. J'y fis bruyamment tournoyer

les glaçons et Richie se leva pour nous préparer une deuxième tournée.

– Je pourrais évidemment traîner mes guêtres dans les parages lorsque tu iras lui parler.

Je secouai la tête.

– Spike ? suggéra-t-il.

Je secouai derechef la tête.

Richie opina, plus pour lui-même que pour moi.

– Tu as déjà rencontré une fille comme moi ? demandai-je.

– Non.

– Quel effet ça te fait ?

– J'aimerais parfois qu'il y en ait des dizaines comme toi, répondit-il. Je pourrais ainsi en épouser une et cesser définitivement de fantasmer sur toi.

– Tu aimerais vraiment te remarier ?

– J'apprécie la monogamie, déclara-t-il. Je n'ai pas envie de te partager avec qui que ce soit.

– Ce que je ressens pour toi, je ne le ressens pour aucun autre.

– Je sais, admit-il. Je bénéficie d'une sorte d'exclusivité.

– La seule dont je sois capable pour l'instant.

– Ça aussi, je le sais.

– Et je te suis reconnaissante de ne pas insister, poursuivis-je.

Richie sourit.

– Ce serait inutile... Tu n'accepterais pas.

– C'est trop...

Je butai sur le mot, cherchant le terme exact.

– ... trop possessif, finis-je par dire. Je n'affirme pas que c'est inéluctable, mais, pour le moment, je ne me sens pas suffisamment... je ne me suis pas suffisamment reconstruite pour t'appartenir exclusivement.

– Je sais.

– Fréquenter d'autres hommes, c'est une façon

pour moi de me rappeler que je n'appartiens exclusivement à aucun.

– Je sais, Sunny. Je sais tout ça. Et tout ne me plaît pas. Mais je pense que je joue sur le long terme.

– Je ne peux pas te promettre que ça se passera exactement comme tu le souhaites.

– Si ce n'est pas le cas, tant pis. Mais pas question de jeter l'éponge. Si tu ne tiens plus à me voir, dis-le clairement et je sortirai de ta vie.

– Je n'ai jamais dit ça. Et je ne le dirai jamais.

– Donc, je ne jette pas l'éponge.

Je me penchai au-dessus de Rosie et posai la tête sur l'épaule de Richie.

– Je suis désolée de me conduire de cette façon, affirmai-je.

Richie passa le bras autour de mon épaule. Rosie releva la tête pour nous regarder. Si son visage le lui avait permis, elle aurait sans doute froncé les sourcils.

– Tu n'as pas à t'excuser, déclara-t-il.

Je hochai la tête contre son épaule. Il tamponna délicatement le sommet de mon crâne de sa mâchoire. Rosie se trémoussa entre nous pour adopter une posture plus confortable.

– On pourrait faire l'amour, suggérai-je.

– C'est toujours bon à prendre, répondit Richie.

Ce fut le cas.

33

Je n'avais pas terminé de donner son dîner à Rosie que Hal Reagan me téléphonait.

— Sunny, viens chercher ta foutue frangine, m'enjoignit-il.

— Salut, Hal. Gentil à toi de me passer un coup de fil.

— Elle a piqué ma voiture et l'a planquée je ne sais où. Et elle est en train de me faire un esclandre.

— Appelle les flics.

— Imagine la réaction de tes parents ! Leur fille arrêtée ? Quel effet ça te ferait ? Il faut absolument que tu viennes ici.

À vrai dire, savoir Elizabeth en prison ne m'aurait pas spécialement perturbée.

— Où ça, ici ?

— À la Halte, à Sudbury.

— Sur la route de la Poste ?

— Oui.

— D'accord. J'en ai à peu près pour trois quarts d'heure.

— Arrive le plus vite possible.

— Entendu.

En remontant la 20, je songeai à ce vers de Robert Frost : *Chez soi, c'est là où l'on te ramène lorsqu'il te faut rentrer.* S'agissant de mon attitude envers ma sœur aînée, c'était à peu près la seule explication qui me vînt à l'esprit. Pourquoi ne l'avais-je pas envoyée paître ? Je n'aimais même pas Elizabeth. Et j'allais manquer mon cours du soir sur le réalisme flamand.

Je me suis retrouvée coincée derrière une voiture qui avançait à peine plus vite qu'au point mort et je ne suis arrivée sur place qu'aux alentours de 20 h 30. La Halte est un de ces restaurants des faubourgs qui prétendent faire revivre à leurs clients l'expérience d'un authentique souper fin XVIIIe siècle. Revêtement extérieur de planches et de lattes passées au brou, toit évoquant des bardeaux, porte cochère et vitraux aux fenêtres. La carte comportait des plats tels que rôti braisé ou tourte du berger, la bière était servie dans des pichets d'étain et les serveuses portaient robe longue et tablier.

Le bar de la salle à manger meublée de tables de chêne était situé près de l'entrée. La moitié environ des personnes présentes étaient en train de dîner. Hal Reagan et Nancy Simpson étaient assis à l'une de ces tables, tous deux vêtus de leur manteau et tirant une longue figure. Ils n'échangeaient pas un mot. Elizabeth se tenait près de l'entrée, tout au bout du bar. Elle portait un long manteau noir à col de fourrure sur un survêtement rose fluo et des chaussures de basket blanches. Son sac à main était posé à côté d'elle sur le comptoir. J'ai vu tout de suite, dès mon entrée, qu'elle était ivre. Son regard avait cette espèce d'éclat vitreux que je lui ai toujours connu quand elle était dans cet état. Un verre à dégustation contenant un liquide clair et des glaçons trônait devant elle sur le comptoir du bar. Je me dirigeai droit sur elle, m'emparai de son sac, en sortis ses clefs de voiture et les empochai.

— Sunny ? Qu'est-ce que tu fabriques, bon sang... !

Je reposai son sac sur le bar.

— Je vais les raccompagner puis je reviendrai te chercher, répondis-je.

— L'aut' fumier t'a téléphoné, hein ?

— Ouaip. C'était moi ou les flics.

— N'a qu'à rentrer à pied, c't'enfoiré. Et sa pétasse avec.

— Hal, le hélai-je. Venez. Je vais vous reconduire.

— Et ma voiture ?

— La police la retrouvera quelque part. Allons-y.

— Comment vais-je me rendre à mon travail demain matin ?

Il s'était levé entre-temps et se tenait prudemment derrière moi, pour que je fasse tampon entre Elizabeth et lui.

— Emprunte-lui la sienne, répondis-je en lui montrant Nancy qui se cachait derrière lui, protégée par un double bouclier.

— Et comment se déplacera-t-elle, à ton avis ?

— Hal, la vie est imparfaite. Il faut parfois prendre des mesures drastiques.

— Et elle va s'en tirer sans dommages ?

— Bon Dieu, Hal ! C'est toi qui m'as téléphoné, pas moi. Soit tu fais ce que je dis, soit je rentre chez moi et vous débrouillez ce sac de nœuds entre vous.

— Non. Tu peux nous raccompagner.

— Merci bien. Elizabeth, tu ne bouges pas d'ici. Je reviens te prendre.

» Elle est ivre, ajoutai-je à l'intention du barman. Ne la servez plus.

Il haussa les épaules.

— Tu peux pas les reconduire, annonça Elizabeth.

— Reste assise ici, toi, lui répliquai-je.

— T'iras nulle part.

Dès qu'elle descendit de son tabouret, le barman s'empara discrètement de son verre et le vida dans le bac. Je m'approchai de ma sœur, je l'enlaçai en lui plaquant les bras le long du corps, puis la collai au montant de la porte.

— Le break Subaru vert, grondai-je. Garé devant, dans la zone interdite de stationnement. Il n'est pas fermé. Grimpez dedans. J'arrive dans une seconde.

— Lâche-moi, salope ! grommela Elizabeth.

Je la maintins scotchée au montant de la porte, le temps que Nancy et Hal se faufilent derrière moi. Elizabeth me décochait des coups de pied dans les chevilles, mais ses baskets amortissaient plus ou moins les coups.

— Putain ! hurla-t-elle.

— Écoute-moi, l'exhortai-je patiemment.

— Sale pute !

Je la cognai au montant de la porte.

— Tu vas m'écouter ou je te frappe.

— Me frapper ?

— Tu te conduis comme une conne et tu te ridiculises. Tu es trop soûle pour prendre le volant. Fermela, reste sagement assise ici et attends que je revienne te chercher.

— J'm'en fous. J'me fous d'tout.

Elle jeta un regard par la porte que venaient d'emprunter Hal et Nancy. « Sale fornicateur ! » articula-t-elle distinctement.

Je pétai les plombs.

— Fais ce que je te dis ou j'appelle papa.

Sa tête pivota brusquement.

— Tu vas pas lui rapporter ?

Bingo !

— Pas si tu m'obéis.

— J'veux pas qu'papa l'apprenne.

— Reste assise ici, déclarai-je en la retournant vers le bar, avant de la lâcher.

Elle dut s'y reprendre à deux fois pour hisser ses

fesses sur le tabouret. Le barman posa prestement sa note sous son nez. Je tournai les talons et fonçai vers ma voiture.

Le retour à Weston fut carrément « gothique ».

— Dépose-nous chez Nancy, suggéra Hal lorsque je me fus installée au volant.

— D'accord, répondis-je. Déclare le vol de ton véhicule à la police. Ils la retrouveront rapidement quelque part et ils te préviendront. Tu as des clefs de rechange, j'imagine ?

— Oui.

Nulle autre parole ne fut échangée jusqu'à ce que je les aie déposés à Weston.

— Merci, dit Hal.

— De rien, répondis-je, et je repris la route de Sudbury.

Pas la moindre trace d'Elizabeth à mon entrée à la Halte.

— Elle a filé à pied, m'annonça le barman. En me plantant un drapeau de trente-deux dollars.

Je lui présentai ma carte de crédit. Il préleva son dû et me tendit le reçu. Je lui laissai un pourboire royal et signai la facturette.

— Navrée pour le dérangement, m'excusai-je.

— Pas de problème.

Je retrouvai Elizabeth vingt minutes plus tard. Elle longeait la route de la Poste. Je m'arrêtai à sa hauteur et descendis la vitre de son côté.

— Monte, ordonnai-je.

Elle secoua la tête.

— Grimpe dans cette putain de bagnole, Elizabeth, ou je descends et je t'y fourre de force.

Elle fit encore deux ou trois pas. Je roulai de nouveau jusqu'à elle et ralentis à sa hauteur.

— Monte !

Elle ouvrit la portière côté passager et grimpa. Elle chialait.

— J'ai froid, déclara-t-elle.

Je remontai la vitre de son côté.

— Chauffe, m'enjoignit-elle. J'ai besoin de chaleur.

— Le radiateur est allumé. Tu auras plus chaud dans une minute.

Nous continuâmes de rouler sans piper mot ; Elizabeth regardait droit devant elle, l'œil rivé sur la bande centrale qui défilait dans la lumière des phares. Je finis par rompre le silence.

— Pourquoi n'as-tu pas boutonné ton manteau si tu avais froid ? lui demandai-je.

Elle continuait de fixer la route.

— Quelle différence ça fait ?

— Tu avais peut-être envie d'avoir froid.

— C'est grotesque.

— C'est peut-être l'image que tu te faisais de toi-même sur le moment... Seule, dehors, dans le froid.

— Hein ?

Il fallait y aller en douceur, avec Elizabeth.

— L'attitude des gens est souvent, euh... emblématique de ce qu'ils ressentent intérieurement.

Risqué, l'*emblématique*. J'en avais conscience.

— Je me sens très bien.

— Que non pas, déclarai-je. Tu te sens rejetée, gênée et humiliée, repoussée, mal-aimée, moche, terrifiée, seule, et Dieu sait quoi d'autre encore, exactement comme je me sentirais à ta place.

— Dès que ce salaud m'a vue entrer, il s'est levé et a pris la porte. Tu aurais dû voir la tête qu'il tirait quand il est revenu, après avoir constaté que sa bagnole avait disparu.

Une voiture arrivait sur nous. Ses feux avant nous éclairèrent l'espace d'une seconde, puis elle s'éloigna et nous nous retrouvâmes de nouveau plongées dans le noir, filant dans l'étroit sillage de mes propres phares.

— Et qu'y as-tu gagné ? lui demandai-je.

— Je lui ai montré, à ce salaud.

— Qu'est-ce que tu lui as montré ?

— Qu'il ne pouvait pas me tromper et s'en tirer impunément.

— Voyons, Elizabeth. Il te trompe. Il te trompe en ce moment même, si l'on s'en tient à ta définition. Il couche avec une autre femme, chez elle. Pendant que tu remontes l'autoroute dans le froid, le cul gelé et à moitié pâmée.

Elle fondit en larmes.

— Et pleurant à fendre l'âme, ajoutai-je.

— Que voudrais-tu que je fasse ? demanda-t-elle. Que je le laisse me piétiner comme un paillasson ?

— Peut-être ne devrais-tu pas réfléchir en ces termes : lequel piétine l'autre ou lui marche dessus. Ni prendre tes décisions en fonction de l'impact qu'elles auront sur lui.

— Hein ?

— Peut-être ferais-tu mieux de songer à ton intérêt personnel.

— Ben voyons. Et mon intérêt personnel, c'est sans doute de me retrouver toute seule à quarante ans, sans un sou, sans mari, sans travail ni la moindre aptitude à un quelconque emploi.

— N'as-tu pas profité de l'existence, encore très récemment ?

— Tu sais très bien que c'était un véritable enfer.

— Si ton mariage et le soutien financier de ton mari te semblaient véritablement un enfer, qu'as-tu à perdre en refaisant ta vie ?

Elle continua de pleurer un moment sans répondre, puis :

— J'peux pas. J'saurais pas m'y prendre.

– Je peux te présenter des gens qui pourront t'aider.

– Un psy, tu veux dire ?

– Oui.

– J'ai pas envie qu'un cinglé de Juif trifouille dans ma vie privée.

Je soufflai pendant quelques instants. Elizabeth se remit à pleurer.

– Je sais bien que tu traverses une mauvaise passe. Tout le monde a tendance à perdre un peu les pédales quand une relation amoureuse bat de l'aile. Mais si ce dérangement passager perdure, c'est qu'il est temps de grandir et de commencer à réfléchir en adulte. Je ne peux pas t'obliger à prendre soin de toi. Et je ne peux pas non plus le faire à ta place. Tout ce que je te demande, c'est d'essayer de ne prendre aucune décision brutale tant que tu seras hors de toi. Tâche simplement de tenir bon. Nous ne sommes pas très proches l'une de l'autre, je sais. Mais tu restes ma sœur. Je t'aiderai autant que je le pourrai.

Nous nous sommes engagées dans sa rue sans mot dire. Je me suis garée devant sa maison.

– Tu veux que je vienne ? demandai-je.

Elle secoua la tête.

– Tu ne le répéteras pas à papa, hein ?

Je poussai un soupir.

– Non. Je ne le répéterai pas à papa.

Elle hocha la tête, descendit de voiture, remonta son allée et entra chez elle.

34

La journée débuta sur une sombre menace de pluie. Je portais mon trench-coat argenté qui me donnait un air si compétent. Avant de partir, je retirai deux billets de cent dollars à ma banque. S'agissant de soudoyer les gens, les coupures de cent dollars sont remarquablement efficaces. Je retrouvai Jermaine Lister sur Columbus Avenue, à la hauteur du carrefour de Mass Avenue. Il était adossé à l'aile avant gauche de la plus grosse Mercedes jamais fabriquée. La voiture gris métallisé avait des vitres teintées. Jermaine était vêtu d'un manteau de tweed fermé par une ceinture et coiffé d'une casquette taupée marron foncé. Plusieurs prostituées s'agglutinaient autour de lui lorsque je débouchai à l'angle de Mass Avenue, où j'avais garé ma Subaru. Les filles me dévisagèrent sans vergogne.

— Jermaine Lister ? m'enquis-je.

Il hocha la tête. Une fois.

— Sunny Randall.

Nouveau hochement de tête.

— Tony Marcus m'adresse à vous.

Hochement de tête.

— Connaissiez-vous une certaine Gretchen Crane ?

— Une radasse blanche ?

— Oui.

— Bien sûr. Tony me l'a envoyée, exactement comme toi.

— Que voulait-elle savoir ?

— Elle voulait tout savoir sur la pros-ti-tu-tion, railla Jermaine en détachant soigneusement chaque syllabe du dernier mot.

— Pourquoi ?

— Elle songeait peut-être à faire carrière, répondit Jermaine en adressant un clin d'œil aux filles, qui gloussèrent. Toi aussi, tu veux prendre des leçons ? Tu rapporterais plus que Gretchen.

— Oh, Seigneur ! Quel genre de questions a-t-elle posées ?

— J'en sais rien. Je l'ai adressée à mon, euh... personnel.

Jermaine fit un autre clin d'œil à ses gagneuses. Celles-ci se remirent à glousser.

— Votre personnel est-il présent ? demandai-je.

La plus grande des filles regarda Jermaine.

— Nan, affirma Jermaine.

— Où puis-je trouver une personne qui aurait parlé à Gretchen ?

— Aucune idée, répondit-il. Vous savez quelque chose, vous autres qui faites la nuit ?

Elles pouffèrent. Aucune n'admit être au courant. Le bippeur de Jermaine sonna. Il le consulta.

— 'scuse, déclara-t-il en dégainant un portable.

Il composa un numéro, écouta son interlocuteur, dit : « Ici J. » puis tendit de nouveau l'oreille sans cesser de me fixer. Il s'éloigna un instant pour que je ne puisse pas entendre la conversation, articula quelques mots, puis coupa la communication.

— Pas moyen d'échapper au bizness, laissa-t-il tomber. Où en étions-nous ?

— Vous étiez en train de me dire que vous aviez adressé Gretchen à vos racoleuses, mais sans trop savoir lesquelles.

— C'est un commerce très fluide, expliqua-t-il. Ces dames viennent. Repartent. Celles-là ne sont plus dans le secteur. Peux pas t'aider.

— Zut. Tony m'avait dit que vous pourriez.

— Je fais de mon mieux. Mais je sais que dalle.

— Eh bien, merci tout de même de vos efforts.

— Ben voyons !

Les filles gloussèrent. Je repartis vers Mass Avenue.

Je m'étais garée suffisamment près de Huntington pour être hors de vue quand je remontai en voiture. Je m'insinuai dans la circulation, redescendis Huntington jusqu'à Copley Place, pris à droite sur Dartmouth et de nouveau à droite sur Colombus pour me garer près d'une borne d'incendie. De mon poste d'observation, je distinguais encore le coin de Mass Avenue. La voiture de Jermaine ne démarra qu'au bout d'une petite heure, puis se mit à marauder le long de Colombus histoire d'inspecter d'autres points de vente de son petit commerce. Je sortis une coupure de cent dollars de mon sac, la pliai en longueur de manière à en cacher le montant, puis je descendis de voiture et me dirigeai vers le coin de rue où je l'avais rencontré un peu plus tôt, où les mêmes filles étaient encore assemblées.

Je tenais mon billet plié à la main. Une petite portion de mon cerveau se demandait pourquoi tout le monde, moi comprise, pliait les billets de banque avant de graisser une patte.

— Puis-je distraire quelques minutes de votre temps ? demandai-je à la grande fille qui avait échangé un regard avec Jermaine. Moyennant finance ?

— Je ne fais pas les femmes.

— Moi non plus, répondis-je. Je veux juste bavarder devant une tasse de café.

La grande péripatéticienne zyeutait le billet de cent.

– Bien sûr. Mais faut que je reste dans le coin. J'attends quelqu'un.

– D'accord.

Je m'adossai au mur, à côté d'elle, en me tapotant la cuisse du billet de cent dollars.

– Dégagez ! fit la grande fille à la petite troupe désœuvrée de ses consœurs. Faut que je cause à la dame.

Elles s'éloignèrent. Elles avaient l'air fébriles, légèrement tendues, comme s'il allait se passer quelque chose.

– Je m'appelle Sunny.

– Jewell.

Elle ne me regardait pas. Elle ne tenait pas en place, elle non plus, et scrutait anxieusement la rue. Elle semblait sur les nerfs. Craignait-elle le retour de Jermaine ? En ce cas, pourquoi ne pas s'éclipser ? Elle déglutit nerveusement et je percutai subitement.

– Vous attendez votre dealer ? demandai-je.

– Z'êtes pas flic, pas vrai ?

– Non.

– Il devrait déjà être là.

– À combien de fixes en es-tu par jour ?

– Deux, trois.

– Pour planer ?

– Bordel, non. Juste pour me sentir bien, tu vois. Pour pas être malade. Il m'avait promis de venir maintenant.

– Il ne va sûrement pas tarder. La Blanche sur laquelle j'ai posé des questions ? Tu lui as parlé, n'est-ce pas ?

– Qu'est-ce qui te fait croire ça ?

– Intuition féminine.

Il s'était mis à pleuvoir. Nous nous plaquâmes le mieux possible au mur. Je l'encourageai d'un sourire, tout en lui montrant le billet de cent dollars. Elle s'en empara et le rangea, sans cesser d'inspecter la rue du regard. À l'angle, quelques mètres plus loin, une putain déploya un grand parapluie de golf qu'elle avait dû scratcher quelque part, et s'abrita dessous avec deux de ses consœurs. Il était rayé de rouge, de jaune et de vert, dans des tons éclatants. Comme une étrange fleur épanouie dans les ténèbres.

— Elle m'a dit qu'elle cherchait à se documenter, expliqua Jewell. Qu'elle voulait savoir ce qu'on ressentait quand on faisait le tapin.

— Pour quelle raison Jermaine t'a-t-il autorisée à lui répondre ?

— La même qui l'a poussé à ne pas t'envoyer promener.

— Tony Marcus ?

— Um hum.

— Elle a donc dit qu'elle cherchait à se documenter ? repris-je.

— Qu'elle travaillait pour une organisation féministe. Et qu'elles cherchaient à se renseigner sur le consentement.

— Le consentement ?

— Um hum.

Jewel scrutait attentivement tous les types qui passaient des deux côtés de la rue. Les autres putains observaient le même comportement. Elles n'attendaient pas un client. Elles attendaient Godot. La pluie tombait régulièrement, chaude pour la saison, mais trop froide pour s'attarder très longtemps dessous. L'immeuble ne nous abritait que médiocrement.

— Allons-nous asseoir dans ma voiture, proposai-je.

— Où qu'elle est ?

— Là, près de la borne d'incendie.

— D'accord. Mais va d'abord nous chercher du café au drugstore. Très sucré, double dose de lait.

J'acquiesçai. J'entrai dans le drugstore et commandai deux grandes tasses de café, dont une avec quatre sucres et double dose de lait. Je ressortis et tendis la sienne à Jewell.

– Orlean, cria-t-elle au petit groupe de filles plantées sous le parapluie. Je suis assise dans cette bagnole, là-bas. S'il déboule, tu m'appelles.

– D'ac, répondit Orlean.

– T'as comme intérêt, ma jolie.

– Compte sur moi.

Nous montâmes dans ma voiture. Je mis le contact, allumai le radiateur et activai les essuie-glaces pour permettre à Jewell de voir distinctement le carrefour.

– C'est quoi, cette caisse ? demanda-t-elle.

– Une Subaru.

– Si jamais j'ai une bagnole un jour, elle sera décapotable.

– J'en ai eu une à un moment donné. Mais ça vous ébouriffe épouvantablement les cheveux et, en plus, j'ai une chienne. J'avais toujours peur qu'elle saute de voiture.

– J'ai jamais eu de chien, affirma Jewell.

– Dommage. Parle-moi un peu de cette histoire de « consentement ».

– Elle m'a demandé si j'avais envie de faire ce métier. Bien sûr, que je lui ai répondu. Si j'en avais pas envie, je le ferais pas. Là-dessus, elle m'a demandé si j'y trouvais du plaisir. Plaisir à quoi ? j'ai répondu. À branler un gros porc qu'arrive plus à triquer sur le siège avant de sa bagnole ? Si ça vous répugne tant que ça, pourquoi le faites-vous ? qu'elle a demandé.

Jewell but une gorgée de son café et éclata de rire.

– Le fric, tu connais, frangine ? j'lui ai demandé. Il y a mille autres moyens d'en gagner, qu'elle me répond. Par exemple ? que je lui demande. En devenant toubib, ou une connerie de ce genre.

— Et là, elle te dit qu'il existe bien d'autres professions.

— Et je lui réponds : « Ouais, mais qui rapportent pas assez pour satisfaire ma dépendance ! »

Jewell sirota une autre gorgée de son café, tout en surveillant la rue comme un chat une souris.

— Vous pourriez probablement décrocher, t'a-t-elle sans doute rétorqué.

Jewell secoua la tête.

— Cette gonzesse regarde trop de feuilletons à la téloche.

— À ton avis, qu'avait-elle derrière la tête ?

— Pourquoi tu veux savoir tout ça, sur le « consentement » et toutes ces conneries ? j'lui ai demandé. Elle m'a répondu qu'elle cherchait simplement à recueillir des informations.

Jewell termina son café, baissa la vitre latérale, balança le gobelet en carton sur le trottoir et remonta la vitre.

— C'est tout ? demandai-je.

— Le voilà !

Un jeune Noir en baggy remontait Mass Avenue à grandes enjambées, coiffé d'une casquette de base-ball des Rockies du Colorado, visière devant derrière ; il venait du South End. Jewell sauta de la voiture avant que j'aie pu ajouter un dernier mot et se dirigea vers le coin de la rue pour l'y attendre.

Le Marchand de sable était là.

36

Julie avait le visage étrangement pincé, comme s'il faisait un froid glacial au Harvest, ce qui n'était nullement le cas. J'ai donné mon manteau à l'hôtesse et l'ai rejointe dans le petit bar, à droite de l'entrée.

— Salut, lançai-je.

— Salut.

Elle était installée à une table pour deux devant un verre de vin blanc. Elle donnait vaguement l'impression d'être nue, comme quelqu'un qui porte des lunettes depuis toujours et décide soudain de les retirer. En m'asseyant face à elle, je remarquai qu'elle ne portait plus de bague.

Je commandai un Coke.

— Alors, comment vas-tu ?

Elle haussa les épaules et fit tournoyer le vin dans son verre.

— Si bien que ça ? demandai-je.

— J'ai quitté Michael.

— Aïe !

Elle hocha la tête.

— Comme tu dis. « Aïe ! »

— Où es-tu allée ?

— J'habite chez Robert.

— Si jamais ça tourne mal, tu es la bienvenue à la maison, avec Rosie et moi.

— Pourquoi ça tournerait mal ?

— Tout ne se passe pas toujours au mieux.

Elle eut un rire sans joie.

— Je suis bien placée pour le savoir, fit-elle observer.

— Les gosses sont restés avec Michael ?

— Oui.

— Qui est-ce qui les garde de jour ?

— Comme avant. La nourrice.

— C'est une bonne mère ? demandai-je.

— Elle est gentille.

— Mais ?

— Pas très futée.

— Tu t'es arrangée avec lui pour leur rendre visite ?

— Rien d'officiel.

— Comment vont-ils ?

— Ils s'en remettront.

— Mais pour l'instant ?

— Je ne les ai pas revus depuis mon départ.

— Qu'en dit Michael ?

— Je ne lui ai pas reparlé.

— Et la nourrice ?

Julie secoua la tête. Elle se mit à pleurer. J'avais la main, à ce qu'il semblait.

— J'étouffais, expliqua-t-elle. Il fallait que je parte.

— Ça arrive à un tas de femmes.

— J'ai juste dit aux enfants que je m'absentais quelque temps.

— Tu ne peux pas te contenter de ça...

— Je sais. Je suis payée pour le savoir. Je suis une foutue thérapeute, pas vrai ? Tu crois sans doute que je ne suis pas consciente de ce que je fais subir à mes gosses ?

— Les mariages ratés courent les rues, fis-je remarquer. Des milliers d'enfants y survivent.

— Le petit Michael est d'ores et déjà chamboulé, déclara-t-elle. Imagine un peu ce qu'il doit ressentir.

— Cite-moi un moment dans la vie où tout le monde se sent bien, fis-je, juste pour dire quelque chose.

— J'ai fait ce qu'on attendait de moi. Je me suis mariée. J'ai eu des enfants. J'ai mené ma carrière. J'ai fait tout ce qu'on attendait de moi.

J'opinai. La serveuse apporta un autre verre de vin à Julie. Je ne l'avais pas entendue le commander. Peut-être avait-elle tout organisé avant mon arrivée ? Du genre *Ne laissez jamais mon verre vide*. Elle en but une gorgée et me dévisagea.

— Pas toi, déclara-t-elle.

— Je n'ai pas fait tout ce qu'on attendait de moi ?

— Non.

— Je m'y efforce encore.

— Eh bien, moi aussi.

— Puis-je avancer une suggestion ?

— Bien sûr.

— Ne décide rien d'irrévocable pour le moment.

— Ce que j'ai fait est irrévocable, à ton avis ?

— Je n'en sais rien. Je ne sais même pas si c'est censé l'être. Mais tu traverses une période de dinguerie. Profites-en pour te tenir tranquille, laisser les choses se faire, voir ce que tu ressens et laisser décanter.

— Je sais très bien ce que je ressens.

— Là ? Maintenant ?

— Je ne peux plus revenir en arrière. J'en crèverais.

— Personne ne t'y oblige.

— Michael est très chouette. Il adore les gosses. Il travaille dur. Il rentre tous les soirs à la maison.

— Mais ?

— Mais je m'ennuie à mourir. L'embrasser m'ennuie. Faire l'amour m'ennuie. Sortir m'ennuie. Il n'a rien à dire. Je parle à un mur. Il m'écoute, mais je crois qu'il n'en a rien à foutre. Et je sens la désapprobation derrière. Il veut beaucoup plus que je ne peux lui offrir. J'en suis sûre. Il me le fait savoir, d'une façon que je ne saurais même pas t'expliquer.

— Il est au courant pour Robert ?

— Non.

— Il ne se doute de rien ?

— Je ne sais pas. Il me semble parfois qu'il se rend compte. Et parfois qu'il est totalement inconscient.

— Sans doute les deux.

— Quelle pertinente petite psychologue tu fais ! s'exclama-t-elle.

— Je suis passée par là, n'oublie pas. J'y ai glané quelques rudiments de psychanalyse.

— Tu trompais Richie ?

— Non.

— Mais maintenant, tu couchailles.

— Couchailler n'est pas à proprement parler le terme exact. Mais quand je sors avec un type, je m'attends plus ou moins à coucher avec lui. C'est généralement ce que font les grandes personnes.

— Je n'aurais jamais pensé faire un jour partie des femmes qui trompent leur mari, déclara-t-elle.

— Je sais, répondis-je. Et moi, je n'aurais jamais imaginé pouvoir divorcer.

— Mais vous êtes toujours plus ou moins ensemble, Richie et toi.

— Nous nous voyons.

— Vous envisagez de vous remettre ensemble ?

— Je n'en sais rien. La seule chose dont je sois à peu près certaine, c'est que nous ne nous séparerons pas davantage.

— Et tu es heureuse comme ça ?

— Oui.

— Seigneur. J'aimerais tant l'être.

— Tu ne l'es pas pour le moment, évidemment. C'est trop frais. Mais ça ne signifie pas pour autant que tu ne le seras jamais. Ne te lance pas tête baissée dans n'importe quelle aventure.

— Robert, par exemple ?

— Tout juste. Robert.

36

Assise sur le plancher, je lançais la balle à Rosie. Il pleuvait et elle déteste sortir quand il pleut, de sorte que je lançais la balle à l'autre bout de mon loft et qu'elle filait comme une flèche pour me la rapporter. Une demi-heure de ce genre d'exercice vaut une longue promenade et l'empêche de devenir turbulente au point de tout briser dans la maison. J'avais sorti mon dossier sur Lawrence B. Reeves et je contemplais l'agenda que j'avais embarqué chez lui. Je fis rouler la balle au-delà du comptoir de la cuisine. Rosie se lança à sa poursuite. Lorsqu'elle l'eut rattrapée, elle se mit à la pousser du bout du museau pour la faire rouler toujours plus loin, et ce n'est que lorsqu'elle l'eut coincée contre la plinthe, tout au fond du loft, qu'elle daigna enfin la prendre dans sa gueule avant de revenir vers moi, toute contente d'elle, en se pavanant hystériquement.

Ainsi que j'en avais gardé le souvenir, la lettre *J* figurait tous les jeudis soir sur l'agenda. Rosie lâcha la balle et, voyant que je tendais la main pour la saisir, la rattrapa dans sa gueule.

— Lâche-la, ordonnai-je.

Elle la laissa tomber et se mit à la couver comme une maman condor son œuf. Je m'en emparai brusquement et la balançai de nouveau à l'autre bout du loft. Rosie se jeta à ses trousses en patinant des quatre fers sur le plancher, se bagarra avec elle au fond de la pièce jusqu'à ce qu'elle l'eût domptée, puis revint en se dandinant fièrement. À la lettre *J*, dans le carnet d'adresses de Lawrence B., je découvris cette note : J, 254-2265. J'agrippai mon téléphone sur ma table de chevet, juste derrière moi, et je composai le numéro. C'était celui d'un bippeur. Je tapai mon propre numéro sur les touches du combiné et je raccrochai. Trois minutes plus tard, mon téléphone sonnait. Je décrochai.

– Allô ?

– Ici J, fit une voix.

– J qui ?

La ligne fut coupée. Ç'aurait pu être Jermaine. Mais ç'aurait aussi pu être le Dr J, J. R. Ewing ou même Jay Leno. Je me levai pour éteindre mon répondeur, au cas où J rappellerait pour savoir qui j'étais. J'endossai mon trench-coat et fourrai mon revolver dans ma banane. Puis je passai sa laisse à Rosie – exercice qui s'apparente vaguement à la capture d'un oiseau-mouche au lasso –, sortis de chez moi et allai prendre ma voiture.

Rosie dormait sur le plancher côté passager, la truffe en l'air, près de la fente du radiateur, lorsque je me garai devant la même borne d'incendie que la veille, à l'angle de Mass et de Colombus. Je coupai les essuie-glaces et j'attendis que Jermaine fît son apparition, en me crevant les yeux pour essayer d'y voir au travers de mon pare-brise strié de pluie. Le temps se prêtait assez mal au racolage. Deux filles s'étaient rencognées contre le mur du drugstore pour ne pas se faire tremper comme des soupes. Sans doute s'intéressaient-elles davantage au Marchand de sable qu'à l'éventuel miché qui émergerait de la pluie, par ce temps à ne pas mettre un chien dehors.

La pluie magnifie toutes choses. Sous l'averse, les rues les plus sordides n'ont pas moins belle allure que les plus élégantes : tout ce qui peut scintiller s'en donne à cœur joie et les néons brillent de tous leurs feux comme autant de joyaux. Je me demandai pourquoi je pensais toujours « filles » en pensant aux putains. Je n'étais pas moins correcte que le premier venu. Mais ces prostituées étaient bel et bien des filles et non des femmes. Certes, nombre d'entre elles étaient encore très jeunes et pouvaient donc se classer parmi les filles. Mais les plus vieilles elles-mêmes, assez âgées pour être adultes, restaient des filles. C'était sans doute une question de dépendance et d'indépendance.

Je vis la Mercedes gris métallisé de Jermaine se ranger au coin de la rue, chassant dédaigneusement de ses essuie-glaces la pluie qui mouillait son pare-brise. Jermaine en descendit et laissa tourner le moteur, bloquant ainsi la circulation. Il portait un chapeau de cow-boy et un long ciré jaune. Profitant de ce qu'il se dirigeait vers les deux filles plaquées contre le mur du drugstore, je composai le numéro de son bippeur, puis tapai celui de mon téléphone de bord ; une seconde plus tard, je le vis se figer, ouvrir son ciré et consulter son bippeur. Il le fixa pendant une bonne minute, puis sortit un portable de la poche de sa veste et composa un numéro. Mon téléphone de bord sonna. Je décrochai.

— Ici J, fit une voix.

Je raccrochai en souriant. Jermaine contempla un moment son mobile, puis recomposa mon numéro. Je laissai sonner mon téléphone. Jermaine ne tarda pas à couper son portable et à le ranger. Je restai quelques secondes sans bouger, à regarder la pluie se déplacer à la surface de mon pare-brise.

Lawrence B. Reeves détenait le numéro de téléphone de Jermaine Lister et avait conclu avec lui une espèce d'arrangement régulier intervenant tous les jeudis soir. Lawrence B. Reeves avait harcelé Mary Lou Goddard, reconnu avoir assassiné Gretchen Crane et s'était – peut-être – suicidé. Gretchen Crane était allée trouver Jermaine Lister pour se renseigner sur les prostituées. Rosie semblait avoir envie de sortir. Je lui remis sa laisse, descendis de voiture et remontai la rue jusqu'au drugstore, devant lequel Jewell et plusieurs autres filles faisaient le pied de grue.

– Salut... C'est quoi que t'as là ?

– C'est Rosie, répondis-je.

Jewell s'accroupit pour caresser Rosie et lui offrit son visage à lécher.

– Tu comptes encore me refiler du pognon ?

– Tu as quelque chose à me vendre ?

– Je peux te parler de la sœur qu'était avec l'autre Blanchecaille qu'est venue me causer.

– Gretchen n'était pas seule ?

– Fait salement froid dehors, déclara-t-elle. Et humide.

– Tu préfères qu'on aille s'asseoir à l'abri dans ma voiture ?

– Nan. J'adore me faire saucer en plein air, répondit-elle. Ça économise les douches.

– Tu veux un café ?

– Oui.

– Double dose de lait. Très sucré.

J'entrai au drugstore. Ils n'apprécièrent pas trop la présence de Rosie, mais ne nous jetèrent pas à la rue, de sorte que je pus commander deux cafés. Nous montâmes toutes les trois dans ma voiture, Jewell, Rosie et moi. Je mis le contact et allumai le radiateur, puis je tendis son café à Jewell.

— Tu fonctionnes un peu comme le service postal, déclarai-je.

— Hein ?

— Qu'il pleuve, qu'il neige ou qu'il vente, de jour comme de nuit...

— Jermaine veut qu'on tapine tous les jours.

Rosie passa sur la banquette arrière et coinça sa tête entre les deux sièges de devant pour vérifier que nous ne consommions que du café. Jewell la tapota gentiment.

— Qui était avec cette Blanche, Gretchen, quand elle est venue te parler de la prostitution ? demandai-je.

— Une autre femme, répondit Jewell. Une sœur.

— Une Noire.

— Plus ou moins.

— Pourquoi « plus ou moins » ?

— Parce qu'elle est noire mais se conduit comme une pétasse de Blanche friquée. Causer avec des putains, elle appréciait pas des masses.

— Gretchen avait la même attitude ?

— Ouais, mais on pouvait s'y attendre de sa part, tu vois ?

— Comment s'appelle cette Noire ?

— Ça te dérange si je fume ? s'enquit Jewell.

— J'ai horreur de ça.

— Ouais, ben, faut que j'en grille une, cocotte.

J'appuyai sur le bouton d'ouverture automatique pour entrebâiller la vitre de son côté.

— Crache ta fumée par là.

Elle semblait légèrement agacée, mais alluma sa cigarette sans faire de commentaires. Elle inhala profondément la fumée, but une gorgée de café et l'avala avant d'avoir recraché la fumée. Elle ne tenait pas en place, nerveuse et agitée. J'en déduisis que le Marchand de sable était encore à la bourre.

— Son nom ? insistai-je. Elle avait bien un nom, cette Noire ?

Pas de réponse. Elle scrutait Colombus Avenue à travers le rideau de pluie.

— Son nom ?

— Je réfléchis.

— Prends ton temps.

Je n'en pensais pas moins, sachant qu'elle me filerait entre les doigts dès que le Marchand de sable pointerait le bout de son nez.

— Ça vaut combien pour toi, si je te l'apprends ? demanda-t-elle.

Je sortis mon portefeuille de mon sac, l'ouvris, sortis des billets et les comptai.

— J'ai vingt-huit dollars sur moi, répondis-je. À moins que tu n'acceptes la MasterCard, c'est exactement ce que ça vaut pour moi.

— Sherry.

— Sherry comment ?

— J'en sais rien. La Blanche l'a appelée Sherry deux ou trois fois. Donne-moi juste vingt dollars. J'vais pas te piquer jusqu'à ton dernier sou.

Je lui donnai les deux billets de dix.

— « Sherry » n'était pas seulement un petit mot affectueux, à ton avis ?

— Hein ?

— Les hommes ne t'appellent jamais « chérie » ?

— Oh, si.

— Elle ne l'a jamais appelée par un autre nom ?

— Nan.

— À quoi ressemblait-elle ?

— Grande. Plus grande que moi. Les cheveux très crépus, coupés très court. Des lunettes avec, tu sais bien, quoi... Comment t'appelles ça ? Pas les verres, mais la... ?

— La monture.

— Ouais. La monture verte.

— Rien d'autre ?

— La vraie négresse à Blancs, tu vois ? Le nez fin, la bouche pas trop épaisse, de grands yeux, des pommettes comme les nanas dans les magazines.

— Tu crois qu'elles avaient une liaison ?

— Une liaison ? Qu'elles baisaient ensemble, tu veux dire ? Ce genre de liaison ? Un couple de gouines ?

— Oui.

— Peut-être. La Blanche l'appelait Chérie.

— Et comment appelait-elle la Blanche ?

Jewell secoua la tête.

— Elle ne l'a jamais fait ? demandai-je. Ou tu as oublié ?

— Purée, t'en poses des putains de questions à la con ! Quelle différence ça fait ?

— Je ne le saurai qu'à la fin. C'est précisément pour ça que j'avance sur des œufs.

— Ben, j't'ai tout dit. J'en sais pas plus.

Elle changea de position. Elle avait terminé son café. Elle en était à sa troisième cigarette.

— Pourquoi me l'as-tu caché la première fois ? demandai-je.

— Tout balancer du premier coup, ça paie pas.

— Si je reviens avec plus d'argent, tu trouveras autre chose à me raconter ?

— Tant qu'tu cracheras au bassinet, j'pourrai t'en dévider des tartines, affirma-telle.

Elle souriait d'une oreille à l'autre.

— Mais à partir de maintenant, ajouta-t-elle, ce sera du pipeau.

— Et ce que tu viens de me dire ?

— Je t'aime bien. T'as une chienne sympa et t'as pas l'air d'avoir le trac qu'on te surprenne à causer avec moi.

— J'en conclus que tout ce que tu m'as dit est vrai.

– Y a des chances !

– Mais que, dorénavant, tu mentirais pour te faire du fric ?

Le sourire de Jewell s'élargit encore.

– Y a des chances !

Rosie flaira un moment le visage de Jewell puis se mit à le lécher. Jewell gloussa. Rosie prit ce gloussement pour un encouragement et la lécha plus vigoureusement. Jusqu'à ce que l'autre lève la main pour la repousser doucement.

– Bon, fis-je. Je n'ai plus d'argent, tu n'as donc pas besoin de me mentir. Tout s'arrange à la perfection, tu ne trouves pas ?

– À la perfection.

Nous gardâmes le silence ; Jewell scrutait Colombus Avenue. Elle attendait. C'était à cela – j'en pris conscience brusquement – que se résumait son existence : faire des passes afin de trouver le fric pour sa dose quotidienne, puis attendre que le dealer se pointe pour lui fourguer son héroïne. Faire d'autres passes pour la dose du lendemain. Ou de ce soir. Ou de tout à l'heure. Selon l'état de manque.

– Tu connais un type du nom de Lawrence B. Reeves ? demandai-je.

– À ton avis ? Tu crois que les michetons me filent leur carte de visite ?

– Il t'aurait été envoyé par Jermaine.

– C'est le cas de plein de michetons.

– D'âge moyen, la cinquantaine. Corpulent. Pas de style précis. Le front dégarni. Il porte long le peu de cheveux qui lui restent. Réunis en catogan. De petites lunettes rondes cerclées d'or. En règle générale, il devrait passer à l'action le jeudi soir.

– Larry.

– Larry ?

– C'est lui. Jermaine le ramène tous les jeudis. Il

embarque toujours une fille au Bradley Hotel. Pour une heure, le temps de tirer son coup.

— Tu ne peux rien me dire d'autre sur lui ?

— L'a une putain de grosse queue.

— Vraiment ?

— Ouais. Il a pas la gueule à ça, poursuivit Jewell, mais c'est pourtant vrai. Toutes les filles veulent se le faire, rien que pour la voir.

— Rien d'autre ?

— Nan. Ils sont tous un peu spéciaux.

— Comment ça se présente, chez lui ?

— Il aime bien faire semblant. Y en a des tonnes, des comme lui.

— Semblant de quoi ?

— Que c'est moi qui l'oblige à faire ce qu'on fait.

— Comment est-il, après ? demandai-je.

— Il se relève et il se casse. Sans dire un seul mot. Ça t'excite, ou quoi ?

— Non, répondis-je. Je me demande bien pourquoi.

— Bah, il vaut pas grand-chose, c'est sûr, mais il a au moins un truc pour lui.

— Paix, ô mon cœur !

37

Je m'étais assise au comptoir de ma cuisine avec un Bic et un calepin jaune de papier millimétré et j'essayais de dresser une liste. J'adore les listes. Elles me donnent l'impression d'être organisée. Le peu que je savais sur la mort de Gretchen Crane me permettait difficilement d'en dresser une. *Pas de Géantes* employait trois Noires. Aucune n'était grande. Aucune n'avait les cheveux coupés court et aucune ne portait de lunettes à monture verte. Et aucune – noire ou non – n'avait été engagée ni virée l'année précédente. « Chérie » ne venait donc pas de son lieu de travail. J'ai cherché Natalie Goddard (qui avait pris le nom de famille de Mary Lou) dans l'annuaire et ne l'y ai pas trouvée. J'ai appelé les Renseignements et appris qu'elle était sur liste rouge.

Lawrence B. Reeves recourait apparemment aux bons offices de Jermaine Lister, lequel avait (à tout le moins) parlé à Mary Lou et à son amie Sherry, si Sherry il y avait. Il avait également harcelé Mary Lou et avait endossé *post mortem* la responsabilité du meurtre de Gretchen. Dans la mesure où ils étaient tous reliés entre eux par au moins un lien, j'aurais dû pouvoir dégager un schéma. Or, pour toute conclusion, une analyse approfondie de l'affaire ne débouchait que sur un « Et alors » dubitatif. Alors que je m'efforçais de déterminer si cet *Et alors ?* pouvait avoir une autre signification que *Et alors ?* pour me rendre très vite compte qu'il n'en avait pas d'autre, ma sœur sonna à la porte et je lui signifiai de monter. Je compris que quelque chose de grave s'était produit dès qu'elle s'encadra dans l'embrasure. Les yeux rouges et l'air hagard, elle semblait avoir pris vingt ans. Rosie fit une timide tentative pour frétiller de la queue, puis préféra s'abstenir.

— Eh bien ? demandai-je. Comment s'est passée ta journée ?

— J'ai... j'ai rompu avec Mort.

— Comment ça se fait ?

— C'est un... un porc.

— Vraiment ?

— Oui. Et ne fais pas semblant de croire le contraire.

— D'accord.

— Tu aurais pu me prévenir.

— Non. Je ne crois pas que j'en aurais eu la possibilité sur le moment. À quel acte particulièrement porcin s'est-il livré ?

Elle fixait un point du plancher entre nous. Elle secoua la tête.

— Très bien, dis-je. Tu veux du café ?

Elizabeth se hissa sur un des tabourets de mon comptoir et secoua encore la tête. Personne ne parlait. La lumière matinale entrait à flots au fond de mon loft, inondant mon chevalet. L'heure idéale pour peindre. Ou même pour dresser une liste. Pas franchement l'heure rêvée pour attendre sans mot dire qu'une peste de frangine daigne cesser de fixer le plancher en hyperventilant. Histoire de faire quelque chose, j'ai mentalement ajouté une nouvelle entrée à ma liste : *Petite amie de Mary Lou ?* C'était, de toutes les personnes mêlées à ce meurtre, la seule à qui je n'aie pas parlé. La seule qui me vînt à l'esprit, en tout cas.

– Il a voulu qu'on fasse ça à trois, avec une autre femme, souffla Elizabeth, si bas que je dus me pencher pour l'entendre.

– Beurgh !

– Ça t'est déjà arrivé ? marmotta-t-elle.

– Non, Dieu du ciel !

– Il disait qu'il n'y avait pas de mal à ça.

– C'est probablement exact, tant que ça n'implique que des adultes consentants, ou plus exactement désireux. Je ne suis pas cliente.

– Mort dit que je suis frigide.

– Mort est une vipère, fis-je. Ce qu'il peut dire n'a aucune importance.

– J'ai fait tout ce qu'il voulait. Des trucs sexuels que je n'avais encore jamais faits.

– Ça t'a plu ?

Elle cessa de fixer le sol pour me regarder comme si je lui avais demandé de mimer le Bhagavad Gita. Mais elle ne répondit pas. Elle semblait ruminer le problème.

– J'en sais rien, finit-elle par dire. J'essayais de me venger de Hal.

Je hochai la tête sans rien dire.

– Il est furieux contre moi parce que j'ai rompu avec lui.

– Um hum.

– Il a des photos de moi.

– Ben voyons !

– Il dit que si je ne reviens pas, il les diffusera sur Internet.

– Ça fera la joie d'une multitude d'ados, fis-je remarquer.

– Ne dis pas de pareilles horreurs.

– C'était un compliment, rétorquai-je.

Ce n'était que partiellement vrai et nous le savions toutes les deux.

– Qu'est-ce que je vais devenir ? se lamenta Elizabeth.

J'étais parfaitement consciente que la partie la moins généreuse de ma personnalité – celle qui avait toujours rivalisé avec ma sœur – prenait un pied d'enfer. Certaines choses ne s'apprennent pas à Mount Holyoke. Certaines questions, par exemple, qu'on se voit obligée de poser à sa sœur cadette, et à une sœur cadette qui, de surcroît, n'a pas épousé un ancien de l'Ivy League. Il s'agissait sans doute là des deux principaux des sept vices d'Elizabeth. Mais j'étais ravie d'apprendre que les rapports sexuels collectifs prenaient du galon.

– Je ne sais pas quoi faire, reprit-elle. Imagine que papa voie les photos.

– Aucun risque, déclarai-je. Il n'a pas la première idée du fonctionnement d'Internet.

– Mais on pourrait le lui rapporter...

– Ça n'arrivera pas. J'irai parler à Mort.

– Toute seule ?

– Non, répondis-je en souriant gaiement à cette évocation. J'amènerai Spike.

38

Nous trouvâmes Mort Kraken dans son bureau de Waltham, au fond d'un entrepôt bourré de chenets dépareillés, de paravents chinois effrangés, de cuvettes de WC fissurées, de statuettes de bergères en faïence, de peintures sur velours et de bidules en fer forgé, sans compter une foultitude de brics et un nombre encore plus impressionnant de bracs. Quelques employés à l'œil fiévreux déambulaient dans l'établissement, mais personne ne fit attention à nous.

— Je me demande s'il est à l'intérieur, en train de marteler d'énormes serpents de mer, fit Spike.

— De faire quoi ?

— C'est un poème.

— Et des plus ravissants, sans aucun doute, lançai-je en frappant à la porte du bureau, nantie d'une vitre en verre cathédrale portant en son centre, inscrit au pochoir en lettres noires, le mot DIRECTION.

— Ouais ?

— Ça veut dire « Entrez », j'imagine, expliquai-je à Spike en ouvrant.

Mort était assis derrière son bureau, sans sa moumoute et vêtu d'une chemise blanche qui donnait l'impression d'avoir été lavée, mais pas repassée, sous un cardigan bleu à torsades. Il n'avait guère meilleure allure qu'à notre première entrevue, mais il cadrait mieux avec le décor.

— Ouais ?

— Nous avons été présentés, déclarai-je. Je m'appelle Sunny Randall. La sœur d'Elizabeth Randall.

— Ça me fait une belle jambe ! déclara-t-il.

Je jetai un regard à Spike et vis les prémices d'un sourire s'ébaucher à ses commissures. Je refermai la porte derrière nous.

— Si vous venez me faire la leçon parce que je l'ai plaquée, vous gaspillez votre temps. Je lui ai donné sa chance. Maintenant, je passe à autre chose.

— Vous comptez garder ses photos déshabillées ?

Mort me dévisagea.

— J'ai pas de photos, déclara-t-il au bout d'un moment.

— En ce cas, vous ne pourrez pas les diffuser sur Internet, poursuivis-je.

C'est là qu'il commit une grossière erreur.

— Même si j'en arrivais là, ces photos m'appartiennent. C'est elle qui m'a demandé de les prendre, et ce n'est pas à vous de me dire ce que je dois en faire.

Spike n'a rien d'un de ces piliers de gymnase ciselés au burin. Il est bâti comme un ours. Et, comme un ours, il est à la fois fort et rapide. Il contourna le bureau, harponna Mort par le dos de sa chemise, l'arracha à sa chaise et le plaqua violemment contre le mur. C'est à peine si l'autre avait eu le temps de finir sa phrase, ses pieds avaient décollé du sol. Il frappa Spike, mais celui-ci ne parut rien sentir.

— Pourquoi n'irais-tu pas jeter un œil dehors, Sunny, histoire de surveiller les deux desperados qu'on a aperçus en entrant ?

– Au secours ! hurla Mort.

Spike se pencha sur lui et murmura quelques mots à son oreille.

Mort cessa de se débattre, exactement comme si on lui avait administré un tranquillisant. Je sortis dans l'entrepôt et refermai derrière moi la porte du bureau. Les deux employés faméliques n'étaient nulle part en vue. Environ deux minutes plus tard, Spike ouvrait la porte et ressortait du bureau, une enveloppe en papier kraft à la main. Je jetai un coup d'œil derrière lui. Mort, assis sagement derrière son bureau, fixait le vide. Spike me sourit et me tendit l'enveloppe.

– Clichés de sœurette à poil, laissa-t-il tomber.

39

Je ramenai Rosie à la maison après sa promenade du matin et m'assis au comptoir de la cuisine pour prendre un café. Dans l'espoir que je lui prépare un second petit déjeuner, Rosie se livra à une infinité d'attendrissantes postures assises assorties de regards en coin, mais mon œil exercé de détective aguerrie perça rapidement sa manœuvre à jour. Je lui donnai un biscuit pour chien.

Ma liste reposait encore sur le comptoir, légèrement augmentée : je devais m'informer auprès de Lee Farrell de l'heure du décès de Gretchen Crane. Je l'appelai.

— Sait-on à quelle heure est morte Gretchen Crane ? demandai-je.

— La victime de l'homicide que nous avons déjà élucidé ?

— Oui, répliquai-je. Gretchen Crane. Quand est-elle morte ?

— Assez bizarrement, je m'en souviens encore, répondit Farrell. Elle a été abattue environ huit heures avant qu'on ne découvre son corps.

— Soit approximativement autour de minuit, en conclus-je.

– C'est un véritable enchantement que de voir à l'œuvre un esprit d'enquêteur si alerte, déclara-t-il.

– Dans votre branche, le vôtre n'a sans doute pas souvent l'occasion de donner son maximum. Vous n'auriez pas l'adresse de Nathalie Goddard, par hasard ?

– Qui diable est cette Nathalie Goddard ?

– La moitié de Mary Lou Goddard.

– J'ignorais qu'elle avait une « moitié ».

– Elle habite Revere Street, mais le numéro de la rue est sur liste rouge.

– Ne quittez pas, dit Farrell.

Je m'assis et prêtai un instant l'oreille au sourd brouhaha de la salle de brigade, jusqu'à ce que Farrell revienne au bout du fil pour me communiquer l'adresse complète.

– Wouah ! fis-je. C'est un véritable enchantement que de voir à l'œuvre un esprit d'enquêteur si alerte.

Farrell raccrocha. J'ajoutai l'adresse à ma liste et notai soigneusement l'heure du décès. Cette information ne m'éclairait guère pour le moment. Je ne savais même pas où je me trouvais à minuit, le soir de la mort de Gretchen. Peut-être au lit, sans doute avec Rosie. Néanmoins, il vaut toujours mieux détenir une information que l'ignorer. Je préfère de loin dresser une liste lorsque je dispose de matériel à coucher sur le papier. Je n'avais rien de mieux à faire et aucune autre destination en vue, de sorte que je donnai à Rosie un autre biscuit pour chien et un gros baiser, puis j'allai rendre une petite visite à Natalie. Revere Street se trouve sur Beacon Hill. On a plus de chances de tomber sur Leonardo Di Caprio dans une supérette de quartier que de trouver où se garer dans le voisinage de Revere Street. Je laissai donc ma voiture chez moi, gagnai le métro à pied, admirai longuement mon reflet dans la glace du wagon, pris une correspondance avant de descendre à la station Charles Street.

Charles Street a un petit côté dickensien. C'est une vieille rue aux bâtisses de brique rouge, parsemée de nombreuses boutiques. En hiver, on s'attend toujours à croiser un type vêtu d'une longue houppelande et rapportant chez lui une oie bien grasse. Mais par cette journée printanière, nul ne transportait la moindre volaille à rôtir, encore que j'entraperçus une personne ressemblant fortement à une oie engraissée, qui remontait la rue d'un pas pressé.

L'immeuble de Natalie était un hôtel particulier de quatre étages situé à la moitié de Revere Street, sur le trottoir de droite. La porte d'entrée s'ornait d'un judas. Il n'y avait aucun nom sur la plaque, sous la sonnette. Je sonnai. Peu après, j'entendis remuer derrière la porte. Puis le silence. La porte s'entrouvrit ensuite d'une douzaine de centimètres, retenue par une chaîne de sécurité, et une femme m'apparut dans l'entrebâillement. Je ne voyais qu'une partie de son visage, mais c'était celui d'une Noire et elle portait des lunettes à monture verte.

Saperlipopette !

Je souris chaleureusement.

— Je m'appelle Sunny Randall, déclarai-je. C'est Mary Lou Goddard qui m'a donné votre nom. J'enquête sur la mort de Gretchen Crane qui, comme vous devez le savoir, travaillait pour Mary Lou Goddard à *Pas de Géantes.*

Elle me dévisagea un instant derrière ses lunettes à monture verte. Puis la porte se referma. La chaîne ferrailla et la porte s'ouvrit.

— Entrez, je vous en prie.

Je pénétrai dans un petit vestibule. Un escalier s'élevait le long du mur de gauche. À droite, un passage cintré donnait sur un salon. La maison semblait ne comporter qu'une seule pièce par niveau et, dans la mesure où elle était haute de quatre étages, il fallait sans doute posséder de robustes quadriceps pour y survivre.

Nous entrâmes dans le salon et nous nous assîmes. Le mur de façade était occupé par une large baie vitrée, protégée par un grillage métallique s'ouvrant de l'intérieur. Les autres parois étaient peintes de scènes de chasse à courre anglaises. Les couleurs du tapis qui recouvrait le plancher trouvaient leur écho dans le plafond, peint en marron. Les meubles étaient massifs, discrets et coûteux. Je m'assis sur un divan, le dos à la baie vitrée, devant une table basse sur laquelle gisaient deux exemplaires du *New Yorker* et un *Entertainment Weekly*. Éclectique. Natalie prit place face à moi sur un pouf, les mains croisées sur ses genoux croisés. C'était une Noire. Ses cheveux étaient coupés ras. Elle était grande, portait un jean délavé qui lui allait à la perfection et, par-dessus, un T-shirt blanc trop ample, exactement de la bonne longueur. Ses baskets étaient bleus, avec des parements jaunes et un système de laçage qui devait prendre au moins vingt minutes.

— Savez-vous qui je suis ? demandai-je.

— Vous êtes la femme qui a protégé Mary Lou de ce bonhomme effroyable qui la harcelait et a tué cette pauvre Gretchen.

— Lawrence B. Reeves, précisai-je.

— Oui. Mais j'avais cru comprendre que l'affaire était classée ?

Elle s'exprimait comme Elizabeth, avec un accent prononcé des Seven Sisters.

— Je m'efforce seulement de régler quelques derniers détails.

— Il me semble que Mary Lou vous a remerciée ?

— Mary Lou parle de vous comme de sa compagne. Est-ce vrai ?

– Nous sommes amantes. J'ai même adopté son nom de famille. Ne vous a-t-elle pas congédiée ?

– Quel est votre, euh... nom de jeune fille ?

– Mary Lou vous a virée, reprit-elle. Je ne vois aucune raison de poursuivre cette conversation.

– Connaissiez-vous Gretchen ?

Natalie se leva, se dirigea vers le vestibule et ouvrit la porte en grand.

– Adieu, mademoiselle Randall.

J'envisageai une seconde de lui demander si elle connaissait une certaine Jewell ou un homme du nom de Jermaine. La question aurait peut-être retenu son attention, mais je décidai finalement de garder ces informations pour moi en attendant d'en savoir plus. Je me levai à mon tour et pris la porte.

– Merci, mademoiselle Goddard, dis-je avant de sortir.

J'optai pour remonter Charles Street à pied et traverser ensuite le parc jusqu'à la station de Park Street, où je prendrai le métro. La balade me permettrait de réfléchir à ce que je venais d'apprendre.

L'enquête est décidément un bien curieux travail. Alors que je n'avais pratiquement rien appris depuis ma première rencontre avec Mary Lou, j'avais réussi à découvrir, en une seule visite de dix minutes, que Natalie était presque certainement la femme qui accompagnait Gretchen le jour où cette dernière s'était entretenue avec Jewell. Et qu'elle n'était guère disposée à divulguer des informations. En outre, les revues qui s'étalaient sur sa table basse portaient de petites étiquettes d'abonnement libellées au nom de Natalie Marcus.

40

Le soleil brillait, mais il ne faisait pas aussi chaud qu'on aurait pu le croire en se fiant à son seul éclat. Je rapportai à Julie l'affaire de Mort et d'Elizabeth pendant que nous longions ensemble les berges de la Charles, à Cambridge, où Julie avait désormais élu résidence. Le hangar à bateaux du Weld était derrière nous et sur notre gauche, de l'autre côté de Memorial Drive, le fleuve était bordé par ces dortoirs de brique rouge que Harvard appelle, bien évidemment, des Maisons.

— Tu crois que ce Mort tiendra parole ? me demanda Julie.

— Oui. J'ai l'impression que Spike l'a terrorisé.

Elle se permit un petit sourire.

— Spike n'est vraiment pas ordinaire, déclara-t-elle.

— En effet.

Nous traversâmes la passerelle de Weeks et rebroussâmes chemin en remontant le fleuve en amont. Celui-ci se trouvait à présent à notre droite, de nouveau bordé de brique rouge à gauche, en l'occurrence l'École de Commerce de Harvard. Il en est ainsi de plusieurs endroits de Cambridge : partout où vous posez les yeux, sauf au ciel, vous êtes comme cerné par Harvard.

– Ça ne t'ennuie pas de devoir fréquemment appeler un homme à ta rescousse ? demanda Julie.

– Non.

– Mais ça te rend dépendante.

– À mon sens, l'indépendance est autant un état d'esprit qu'une condition matérielle, répondis-je. Je pourrais certes descendre Mort, mais je ne peux pas en triompher physiquement. Spike en est capable. Il est sans doute plus charitable de le, euh... malmener, plutôt que de le liquider froidement.

– Tu pourrais mener une activité n'exigeant pas l'assistance d'un homme.

– Non. Impossible. J'ai besoin d'eux pour porter les objets qui sont trop lourds pour moi. J'ai aussi besoin d'eux pour faire l'amour. Et pour m'aimer, tout simplement. Les hommes – les hétéros – ont eux aussi besoin des femmes, de la même façon. Si je voulais des enfants, j'aurais besoin de quelqu'un pour les procréer. Et j'aimerais également qu'ils aient un père.

– Tu veux des enfants ?

– Je n'en sais rien. J'essaie de ne pas trop planifier... En fait, nous avons déjà Rosie.

Nous traversâmes au feu à l'Anderson Bridge et continuâmes de longer la berge. Le Harvard Stadium, sur notre gauche, n'était pas bâti en brique rouge.

– Ce devrait être si simple d'élever des enfants, déclara Julie.

– Je sais.

Les équipages mixtes de huit nageaient sur le fleuve. La circulation était fluide sur Soldiers Field Road et j'entendais les voix des barreurs.

– Je...

Julie pila net, cherchant visiblement à reformuler sa phrase.

— ... Je suis incapable de vivre avec qui que ce soit.

— Vraiment ?

— Pas même avec mes gosses, Dieu me pardonne.

— Ce doit être très pénible.

— Pénible ? Que sais-tu de ce qui est pénible ? Quel genre de mère suis-je, incapable de rester chez moi pour m'occuper de mes enfants ? Que va-t-il leur arriver ? Que doivent-ils éprouver ?

— Ils ont leur père, répondis-je. Michael est un bon père, non ?

— Oui. Il est merveilleux avec eux. C'est sans doute pour ça que j'ai l'impression de n'être pas à la hauteur.

— Tu les reverras et, dès que ça s'arrangera, tu pourras régler ça avec eux. Tu es une bonne mère, Julie.

Je n'étais pas persuadée d'avoir raison, mais, sur le moment, ça me paraissait la chose à dire ; de plus, une amie reste une amie, qu'elle perde ou non les pédales.

— Je me suis trouvé un petit pied-à-terre.

— Et Robert, dans tout ça ?

— Nous continuons de nous voir, mais il n'arrive pas à comprendre pourquoi je suis aussi partie de chez lui.

— Depuis quand y vis-tu ?

— Trois jours.

— Quel effet ça te fait ?

— La nuit, il m'arrive d'être terrifiée et de me dire : « Mon Dieu, qu'est-ce que j'ai fait ? » Mais, d'autres fois, j'ai l'impression de prendre mon essor.

— Je me souviens, déclarai-je.

— Si tout s'arrangeait, pourrais-tu vivre de nouveau avec Richie ?

— Pas pour l'instant.

— Ne sois pas si foutrement existentielle ! s'exclama-t-elle. Réponds à ma question. Pourrais-tu, oui ou non ?

— Je peux coucher avec lui. Ça nous arrive. Je pourrais probablement partager une maison avec lui... À condition qu'elle soit plus grande. Michael sait-il où te trouver ?

— Non. Je lui ai donné mon numéro de téléphone et, bien entendu, il a l'adresse de mon cabinet.

— Vous avez parlé ?

— Au téléphone.

— Alors ?

Le visage de Julie se crispa et elle baissa la tête sans répondre. Je savais qu'elle se retenait de fondre en larmes.

— Il serait peut-être temps de te faire aider, non ? suggérai-je. Par un tiers ?

Julie hocha la tête. Nous atteignîmes Eliot Bridge, là où le fleuve bifurque vers le sud. Julie s'arrêta au milieu de l'arche du pont, s'appuya au parapet et regarda l'eau couler. Elle hocha encore la tête. Je contemplai l'eau en sa compagnie.

— Est-ce que je me sentirai mieux... au bout d'un certain temps ? demanda-t-elle.

— Absolument, répondis-je. Certain.

Ses épaules se mirent à remuer convulsivement. Je restai plantée à côté d'elle pendant qu'elle pleurait, à fixer l'eau en m'efforçant de la réconforter par ma seule présence.

41

Le mardi soir entre 18 et 21 heures, je prenais un cours de composition picturale à l'université de Boston. Je quittais habituellement mon domicile à 17 h 30 pour le regagner vers 21 h 20 et sortir Rosie. C'était pour elle une occasion inestimable de satisfaire à ses derniers devoirs de la journée, d'autant qu'elle avait passé près de quatre heures toute seule dans le loft et avait grand besoin d'un peu d'exercices, faute de quoi elle ramasserait sa balle et la laisserait retomber à mes pieds jusqu'à ce que je me décide à plonger la tête la première par la fenêtre de l'entresol.

À peine m'étais-je encadrée dans l'embrasure qu'elle exécutait deux ou trois pirouettes, puis fonçait vers l'endroit où était suspendue sa laisse. Elle était si excitée que j'eus le plus grand mal à la lui accrocher, mais j'y parvins malgré tout et nous filâmes vers l'ascenseur et gagnâmes la rue. Rosie pila net à cinq pas de la porte et se pétrifia. Elle huma vigoureusement l'air, relevant légèrement la tête tout en braquant sa truffe de droite et de gauche. Je regardai autour de moi. Rien qui sortît de l'ordinaire. Les voitures en stationnement s'alignaient le long du trottoir, aussi inertes que silencieuses.

– Viens, l'exhortai-je. Le danger est passé, dirait-on.

Rosie me regarda, frétilla de la queue et prit brusquement la tête de sa démarche sautillante. La soirée était lumineuse, le ciel criblé d'étoiles et la lune presque pleine. Nous empruntâmes notre itinéraire habituel jusqu'au Fort Point Channel. Ayant regardé couler l'eau, nous revînmes sur nos pas. Je me pliais à l'allure de Rosie. C'était *sa* promenade et jamais je n'imposais la moindre restriction à ses haltes, même lorsqu'elle flairait soigneusement une canette de bière vide. Nous prenions inéluctablement notre trottoir à l'aller, pour rentrer ensuite par celui d'en face afin qu'elle pût flairer à sa guise la totalité de son territoire. Il n'était pas loin de 22 h 30 à notre retour. Alors que nous traversions la rue, les oreilles de Rosie se collèrent à son crâne et elle se plaqua au sol. Son corps s'étira et sa queue se dressa comme celle d'un minuscule chien de chasse. Elle grondait. Nous nous arrêtâmes. C'était la première fois qu'elle me faisait ça. D'ordinaire, elle se montrait fort bruyante dès qu'elle apercevait un de ses congénères par la vitre de la voiture. Mais dans la rue, où les autres chiens risquaient de se rebiffer, elle n'était guère plus agressive qu'un lapin. J'ai de nouveau scruté les environs. La rue était toujours aussi déserte ; les mêmes voitures impavides garées devant mon loft. Rosie continuait de gronder sourdement. Elle avança prudemment de quelques centimètres, l'oreille toujours basse et le ventre au ras du sol. Pensant qu'arborer une arme à feu à ma ceinture lors d'un cours de peinture eût été un peu voyant, je l'avais rangée dans mon sac. Je la sortis. Rosie semblait s'intéresser plus particulièrement au hall d'entrée de mon loft. Par temps de pluie, il arrive aux passants de s'y réfugier, mais il faisait beau, la nuit était claire et mon entrée n'était pas spécialement confortable. Je la laissai progresser ventre à terre jusqu'au porche, en tenant mon revolver le long du corps. Juste avant de poser le pied sur le trottoir, alors que les voitures en stationnement s'interposaient encore entre l'entrée et moi, je flairai une odeur de fumée de cigarette. Je pilai net. Rosie s'aplatit davantage et son grondement s'intensifia. J'inspectai l'entrée du regard. Elle était plongée dans l'obscurité en dépit du clair de lune. Je m'agenouillai derrière une voiture à l'arrêt, au moment précis où l'on tirait sur moi. J'entrevis l'éclair d'une déflagration et entendis la détonation d'une arme de poing assez conséquente. Puis une seconde balle lacéra l'autre flanc de la voiture derrière laquelle je m'abritais ; les détonations avaient coupé court à toute agressivité de Rosie et elle tirait sur sa laisse, prête à détaler. Un phare antibrouillard saillait du pare-chocs avant de la voiture voisine et j'y enroulai la poignée de sa laisse. Elle se débattit frénétiquement pour déguerpir. Je ne bronchai pas d'un poil. Le tireur ne s'éterniserait sûrement pas dans mon entrée. En règle générale, les gens qui entendent des coups de feu n'appellent pas les flics pour les signaler. Mais le tireur ne pourrait en avoir la certitude et il — ou elle – finirait tôt ou tard par flancher et se montrer. Au risque de passer pour sexiste, j'aurais juré qu'il s'agissait d'un homme. Me sachant du « sexe faible », il risquait de pécher par imprudence. Je rampai derrière la voiture de gauche, puis me glissai entre une Honda et une Taurus. Derrière moi, Rosie essayait toujours frénétiquement de décamper et ne prêta aucune attention à mon déplacement. Je me sentais légèrement coupable, mais ce serait bien pire si je la laissais orpheline. J'armai mon revolver.

Le tireur sortit du hall d'entrée. C'était Jermaine. Parfait. Il nourrissait certainement le plus profond mépris pour les femmes. C'était effectivement le cas. Il se dirigea tout droit vers la voiture derrière laquelle il me croyait cachée. Son revolver pendait négligemment à son bras, le long de son flanc. Je me faufilai entre la Honda et la Taurus, le pris à revers, lui plaquai le canon de mon arme sur la nuque et agrippai une poignée de ses cheveux de la main gauche.

— Bouge et tu es mort, lui annonçai-je.

Il se pétrifia.

— Lâche ton arme. Immédiatement.

Il la laissa tomber.

— Couche-toi par terre. À plat ventre. Les mains derrière la tête.

Histoire de marquer le coup, je lui assenai une petite tape sur le crâne du bout du canon de mon revolver. Il obtempéra. Dès qu'il se fut allongé, j'envoyai valser son arme d'un coup de pied sous une voiture à l'arrêt. Les coups de feu ayant cessé, Rosie s'était un peu calmée. Elle tirait encore sur sa laisse, mais ne pédalait plus hystériquement. Sans faire crisser ses pneus, pourrait-on dire.

— Pourquoi tu me tires dessus, Jermaine ?

— Va te faire foutre, salope.

— Ce n'est pas la bonne réponse, Jermaine. Je pourrais t'abattre par légitime défense et personne n'y verrait rien à redire.

— Tu peux pas me coller une balle dans la nuque et prétendre ensuite avoir agi par légitime défense.

— Je dirai que tu as essayé de t'enfuir.

— Tu n'aurais pas les couilles.

— Essaie seulement de te relever et nous verrons.

J'étais on ne peut plus sérieuse. S'il avait tenté de se lever, je l'aurais descendu sur-le-champ. Mais il n'avait pas tort. À mon sens, ce n'était pas exactement une question de couilles ; mais j'aurais été bien incapable de lui tirer de sang-froid une balle dans la nuque alors qu'il était étendu à terre. Je sortis mon portable de mon sac et appelai la police.

Nous devions former un curieux tableau, Rosie, Jermaine et moi, pendant que nous attendions l'arrivée de la voiture de patrouille. Nous n'avions strictement rien à nous dire, de sorte que nous gardâmes le silence tout du long. L'un des deux agents en tenue qui descendirent de la voiture était une Noire du nom d'Emmy Jefferson que j'avais connue à l'école de police. L'autre était un Blanc que je n'avais jamais vu. Tous deux avaient la main sur leur arme. Je couchais toujours Jermaine en joue.

— Sunny Randall ! s'exclama Emmy. Qui donc as-tu cueilli ?

— Jermaine Lister, répondis-je. Il a essayé de me tuer.

— T'as fait ça, Jermaine ? s'étonna-t-elle.

Le flic blanc lui passa les menottes. C'était un grand type costaud, dont le corps compact laissait supposer qu'il passait pas mal de temps au gymnase à soulever de la fonte. Dès que Jermaine fut entravé, je laissai retomber le chien de mon revolver et le remisai dans mon sac à main, puis j'allai chercher Rosie et la pris dans mes bras. Elle se remettait vite. Je ne l'avais pas ramassée qu'elle me léchait le visage en frétillant de la queue. Le flic blanc palpa Jermaine de pied en cap, puis l'invita à se relever.

— Son revolver est sous cette bagnole, déclarai-je. Et vous devriez retrouver une bastos quelque part à l'intérieur.

Emmy hocha la tête.

— On va laisser les spécialistes s'en charger, déclara-t-elle.

Elle dévisagea Jermaine.

— Toi, j't'ai déjà vu, ajouta-t-elle. Tu tiens une écurie de pouliches !

— Tu sais que dalle, répondit-il.

Il n'osait pas me regarder.

— Je sais au moins une chose, rétorqua Emmy, c'est que tu vas te retrouver au bloc pour un bon moment. Largement plus que pour proxénétisme. Pourquoi as-tu tiré sur la dame ?

Il refusait également de la regarder dans les yeux.

— Le flingue est sous cette Dodge, laissa tomber le flic blanc. Et il y a un orifice de balle dans cette portière.

— Pourquoi tu fourrerais pas Jermaine dans la bagnole ? lui suggéra Emmy.

42

J'étais installée avec Elizabeth à la table de sa cuisine. Rosie était restée dans la voiture par mesure de précaution, pour qu'elle ne dépose aucun poil sur la moquette de ma sœur. L'enveloppe en papier kraft que Spike avait confisquée à Mort reposait entre nous, près d'un petit plateau contenant un sucrier et un pichet de lait. Tous deux étaient décorés du même motif de canards et le bec verseur du pichet de lait était dessiné en bec de canard.

— Tu ne l'as pas dit à papa, n'est-ce pas ? s'enquit Elizabeth.

— Non. Je ne lui ai pas dit.

— Tu as regardé les photos ?

— Le temps de m'assurer qu'il s'agissait bien de toi, sans plus. Ni Spike ni moi ne nous excitons sur les photos de femmes à poil.

— Je crois que je ne comprends rien aux homosexuels, déclara-t-elle.

— Sans aucun doute.

— Qu'est-ce que Mort a dit ?

— Mort craignait pour sa santé. Il me semble qu'il a dit *Au secours !*

La machine à café Mister Coffee posée sur le comptoir a cessé de gargouiller et Elizabeth nous en a servi une tasse. Le sucrier contenait de l'Equal et le pichet à bec de canard du lait écrémé. J'ai ajouté un peu des deux à mon café et je l'ai touillé.

— Tu veux compter les photos ? lui ai-je demandé. Voir si elles y sont bien toutes ?

— Même si elles sont toutes là, qu'est-ce qui nous prouve qu'il n'a pas gardé les négatifs ?

— Ce sont des Polaroid.

— Qu'est-ce que ça veut dire ?

— Qu'il n'existe pas de négatifs. Vérifie les photos.

— Je n'y tiens pas. Ça me gêne.

— Bon sang ! m'exclamai-je. Vérifie-les !

Elle prit l'enveloppe, s'installa au comptoir où je ne pouvais la voir, sortit les clichés de l'enveloppe, les examina rapidement, les compta et les rangea.

— Il y a toutes celles dont je me souviens, déclara-t-elle.

— Tu veux qu'on les brûle ?

Elle ne répondit pas.

— Comme tu voudras, repris-je. J'imagine que tu n'as pas eu de nouvelles de Mort ?

— Non.

— Et Hal ?

— Je ne lui ai pas parlé.

— Vos avocats sont en pourparlers ?

— Je n'ai pas d'avocat.

— Le sien t'a-t-il contactée ? demandai-je.

— Je refuse de lui parler.

— À Hal ou à l'avocat ?

— À aucun des deux.

— Tu as parlé de tout ça à papa et maman ?

— Jamais de la vie !

— Quels sont exactement tes projets, alors ?

— Je vais laisser ce salaud divorcer, pour qu'il puisse aller vivre avec sa radasse.

— Il le peut déjà, affirmai-je.

— Si on le prend sur le fait, il ne pourra pas obtenir le divorce. On pourra prouver qu'il a abandonné le domicile conjugal.

Je bus une gorgée de café. Lait entier et sucre ne lui auraient pas fait de mal. Mais lait écrémé et Equal n'avaient pas si mauvais goût. Comparé à Elizabeth, rien ou presque n'avait mauvais goût.

— Primo, dis-je, nous l'avons d'ores et déjà pris sur le fait. Je n'ai nullement l'intention de remettre ça *ad vitam aeternam*. Deuzio, j'ignore d'où tu tires tes renseignements en matière juridique, mais il me semble que tu devrais t'adresser à une source plus fiable.

— Le bon vieux bouche-à-oreille, répondit-elle. Tous ces salauds d'avocats sont de mèche.

— Trouve-toi une avocate, dans ce cas.

Elizabeth afficha une expression légèrement mystifiée, comme si elle n'avait pas songé une seule seconde à s'adresser à un avocat du beau sexe, n'avait peut-être même pas envisagé une seconde qu'il pût exister un animal de cet acabit. Elle ne parut pas en mesure de percer ce mystère, de sorte qu'elle réagit comme à l'accoutumée.

— Je n'ai nullement besoin de toi pour régenter ma vie, Sunny.

— Tu as néanmoins besoin d'aide, répondis-je. C'est trop pesant. Il te faut un psy. Un avocat.

— S'il croit qu'il peut me larguer comme ça, il se rendra vite compte de son erreur.

Je hochai la tête. Nous bûmes notre café sans mot dire pendant quelques minutes.

— Bon, laissai-je tomber. Il faut que je file.

— Bien sûr.

Elle me raccompagna jusqu'à l'entrée. Elle me

paraissait soudain plus petite que l'idée que je m'en faisais. C'est sans doute pour cette raison que je ne lui ai pas dit : « Inutile de me remercier pour les photos ! »

43

Lee Farrell me rendit visite. Il portait un complet noir de coupe italienne, une chemise noire sans col et une cravate de soie noire.

— Monochrome ! fis-je observer.

— Ça se marie mieux avec mon revolver. Jermaine prétend qu'il vous a tiré dessus parce que vous emmerdiez ses filles.

— Au pire, j'ai posé quelques questions à l'une d'entre elles.

— Comment s'appelle-t-elle ?

— Je ne m'en souviens plus.

Il me jeta un regard. Il était assis dans la bergère où s'installait mon père lorsqu'il passait me voir. Rosie était assoupie sur le parquet, la tête posée sur sa chaussure droite.

— Vraiment ?

— Nan.

— C'est bizarre, déclara Farrell. J'aurais juré que vous étiez du genre à vous rappeler le nombre de ses plombages.

— Six, répondis-je.

— Um hum.

— Jermaine n'a rien ajouté ? demandai-je.

— Juste qu'il cherchait à vous faire peur, mais qu'il n'a jamais essayé de vous tuer.

— Et vous le croyez ?

— Bien sûr. Jermaine mentirait-il ?

— Quelle idiote je fais ! Bien sûr que non.

— Pourquoi refusez-vous de me donner le nom de cette fille ?

— Je ne crois pas qu'elle ait trempé dans cette histoire. Si vous l'interrogez, elle prendra peur et ne voudra plus jamais me parler.

— Et ?

— Je l'aime bien, je crois.

— Bon, nous pourrons toujours la retrouver si nous avons besoin d'elle, laissa-t-il tomber. Vous avez une hypothèse ?

— Bien sûr.

— Oh, super !

— Je pense que c'est directement lié à l'affaire à laquelle sont mêlés Gretchen Crane, Mary Lou Goddard et Lawrence B. Reeves.

— Cette affaire est bouclée.

— C'est vous qui le dites. Pas moi.

— Bon, mettons qu'elle ne le soit pas. Quel rapport avec Jermaine ?

— J'ai « emmerdé » à plusieurs reprises une des filles de Jermaine au cours des dernières semaines. Pourquoi a-t-il mis si longtemps à réagir ?

— Procrastination ?

— À mon avis, j'ai plutôt touché une corde sensible.

— Chez Jermaine ?

— J'ignore encore quelle corde j'ai touchée. Mais je pense qu'il existe une corrélation avec Tony Marcus.

— Ce serait pour le moins désopilant. Qu'est-ce qui vous le fait croire ?

— Jermaine travaille pour Tony Marcus.

— Tous les proxos de cette ville travaillent pour Tony Marcus.

— Jermaine fait en quelque sorte office de gérant par procuration, expliquai-je. Il a postulé à l'emploi de gestionnaire de la, euh... branche « prostitution » de l'entreprise de Tony.

— Vous pensez que Tony est l'instigateur de la tentative de meurtre ? s'enquit Farrell.

— Peut-être.

— En dehors de la vertigineuse ascension sociale de Jermaine, existe-t-il un autre indice vous incitant à penser que Tony ait pu l'envoyer pour vous descendre ?

Je m'efforçai de prendre un air sibyllin.

— L'intuition féminine, assurai-je.

Farrell posa les yeux sur Rosie, qui dormait toujours sur son pied.

— L'intuition féminine ? répéta-t-il.

— Je soupçonne vaguement des gens qui pourraient bien être totalement innocents, poursuivis-je. Tant que je n'ai aucune certitude, j'aimerais autant que vos gars et vous n'alliez pas, si j'ose dire, piétiner leurs plates-bandes.

— J'aimerais assez être doué d'intuition féminine, soupira Farrell.

— C'est un talent inestimable, affirmai-je. Surtout dans la guerre contre le crime.

— Pour l'instant, nous n'avons encore rien tiré de Jermaine. Et s'il continue de se plier aux ordres de Tony, nous n'en obtiendrons guère plus à l'avenir.

— Parce qu'il a plus peur de lui que de vous ?

— C'est vrai de la plupart des gens, déclara-t-il. Êtes-vous en mesure de l'impliquer ?

— Si j'y parvenais, ce serait une espèce de cerise sur le gâteau, déclarai-je. Ce n'est pas exactement mon objectif.

— Quel est-il ?

— Mon objectif ? Je m'efforce de découvrir qui a tué Gretchen Crane et pourquoi.

— Lawrence B. Reeves ne vous convient pas ?

— Lawrence B. Reeves ne me convient pas.

— Très bien. Je dois pouvoir vous faciliter un peu la tâche. Vous êtes la fille de Phil Randall et vous étiez de la Maison.

— Et vous ne croyez pas plus que moi que Lawrence B. Reeves ait pu assassiner Gretchen Crane, ajoutai-je.

Farrell me sourit, puis regarda Rosie, qui gisait toujours sur le parquet, la tête posée sur son pied.

— Je ne crois qu'à ce que je peux prouver, affirma-t-il.

— Sans doute parce que vous n'êtes pas doué d'intuition féminine.

— J'essaie de faire sans, admit-il.

44

Richie et moi nous efforcions de passer un week-end ensemble au moins une fois par mois. Comme j'habite un loft quasiment dépourvu de portes, faire l'amour est passablement malaisé, avec Rosie à domicile. Elle hurle quand je l'enferme dans la salle de bains et, si je la libère, ça tourne vite au *ménage à trois*[1]. De sorte qu'elle rend habituellement visite à tonton Spike lorsque je reçois du monde pour la nuit.

Il était donc 9 h 30 du matin, par un dimanche sans Rosie. Nous étions encore au lit, le bras de Richie m'enlaçait, j'avais posé la tête sur sa poitrine et le soleil entrait par la lucarne.

— C'était chouette, dis-je.

— Chouette ?

— Oui, répétai-je. Chouette.

— J'imagine que tu trouves aussi le Taj Mahal « chouette ».

— Ouais. Plutôt chouette.

Nous étions étendus sur les couvertures, et immobiles depuis quelques instants à peine. J'entendais battre le cœur de Richie contre ma joue.

1. En français dans le texte.

— Pourquoi avons-nous divorcé, déjà ? demanda-t-il.

— Parce que tu avais tendance à sublimer le mariage, si bien que la réalité te décevait sans cesse.

— Ah, ouais... Je savais bien qu'il y avait une raison.

— Nous nous entendons assez bien, maintenant, fis-je observer.

— Oui.

— Notre situation actuelle te satisfait-elle ?

— Je serais nettement plus heureux si nous étions monogames.

— Chaque chose en son temps, déclarai-je.

— Bien entendu.

J'éprouve toujours une pointe de claustrophobie quand Richie me parle d'amour exclusif. Je ne voulais certes pas le perdre, mais je ne tenais pas non plus à le voir sans arrêt.

— Ce n'est pas comme si je couchaillais, fis-je remarquer.

— Tu vois quelqu'un ?

— Je t'aime, Richie. Et si tu sortais de ma vie, j'en crèverais. Mais je ne peux t'autoriser à la remplir tout entière, du moins pour le moment. J'ai tendance à m'effacer un peu trop rapidement.

Nous observâmes de nouveau quelques minutes de silence. Richie me tapota l'épaule. Je me redressai pour l'embrasser sur la bouche. Lorsque nous eûmes fini de nous embrasser, nous nous regardâmes dans les yeux en souriant.

— Où en est l'affaire sur laquelle tu travailles « pour la bonne cause » ? demanda-t-il. J'ai appris qu'on t'avait tiré dessus l'autre soir.

— Comment le sais-tu ?

— Je sais un tas de choses.

— Et ta famille a des contacts dans la police...

— Quelques-uns, peut-être, répondit-il. J'ai cru

comprendre que ton tireur était un maquereau du nom de Jermaine Lister. Et nous croyons savoir que c'est Tony Marcus qui te l'a envoyé.

— Si ce n'est pas lui, je vois mal qui ça pourrait bien être. Je t'ai parlé de Natalie Goddard ?

— Non.

— Je l'ai rencontrée jeudi. C'est la compagne de Mary Lou Goddard. Elle a même adopté son nom de famille.

— Eh bien ?

— Eh bien, avant de s'appeler Goddard, elle s'appelait Marcus.

— Le monde est petit, déclara Richie. Ils ont un lien de parenté ?

— Je l'ignore. Mais deux personnes portant le nom de Marcus dans la même affaire... ?

— Ça mériterait qu'on se renseigne, admit-il.

— C'est bien mon intention.

— Comment comptes-tu t'y prendre ?

— J'y réfléchis.

— Mon père dit que si tu as besoin d'aide, tu n'as qu'à demander.

— Remercie Desmond de ma part.

— Il t'aime bien. Et mon oncle Felix aussi.

— Et je le leur rends bien, affirmai-je, bien qu'ils soient de foutus criminels.

— Euh... ouais.

— Je les aime bien. Et je leur sais gré de leur proposition.

— Ne déconne pas avec Tony, me conseilla-t-il. Il n'est peut-être pas plus coriace que toi, mais il est plus méchant et il a davantage de moyens. Si jamais tu dois l'affronter, amène des gens.

— Des gens de ton père ?

— Ce sont des négociateurs expérimentés. Ne te dresse surtout pas seule contre Tony Marcus.

J'opinai.

– Ça fait un bien fou de ne pas se sentir isolée, ajoutai-je au bout d'un moment.

– Je sais.

45

Je faisais faire sa promenade du matin à Rosie. Au moment de tourner dans Summer Street, une Camry Toyota marron se décolla du trottoir, devant chez moi, pour me filer ensuite le train à petite allure. Je m'arrêtai. Elle m'imita. Je tentai de distinguer le visage du conducteur, mais le soleil opacifiait la vitre. Je regardai autour de moi. On apercevait plusieurs autres chiens tenant leur maître en laisse. Un peu plus haut, un flic de la municipale vêtu d'un gilet orange vif détournait la circulation d'une rue barrée par un chantier. Il aurait fallu une âme bien vaillante pour me bazarder sur place. Alors que j'y réfléchissais encore, plantée au beau milieu du trottoir, la Camry se rangea près d'une borne d'incendie et la vitre s'abaissa côté passager. Je me dirigeai droit sur elle et jetai un coup d'œil à l'intérieur.

— Buster ! Qu'est-ce que tu fiches, nom de Dieu ?

Buster est un grand type au cou très court et au crâne pratiquement chauve. C'est un des soldats de la famille Burke. Le chauffeur était plus mince, avec des taches de rousseur et des cheveux poil-de-carotte ; la manche de sa chemise était retroussée jusqu'au coude, laissant apparaître un tatouage bleu. Je ne le connaissais pas.

— Lui, c'est Colley, dit Buster.

— Salut, Colley.

Colley regardait droit devant lui. Il me fit un signe de tête sans détourner les yeux.

— Je n'ai pas besoin qu'on veille sur moi, Buster, déclarai-je.

— Felix nous avait prévenus que vous diriez ça.

— Je ne veux pas que vous me suiviez partout.

— Felix nous avait prévenus que vous diriez ça aussi. Mais il nous a demandé de vous suivre quand même. Il a dit que Desmond ne voulait pas qu'on vous fasse du mal.

— Richie, rectifiai-je.

— Je sais rien rapport à Richie, répondit Buster. Je bosse pour Felix et Desmond.

Je hochai la tête. Il ne servait strictement à rien de discuter. Buster ne tiendrait aucun compte de mes arguments. Il ne ferait que ce que Felix Burke lui avait ordonné.

— C'est un opossum que vous avez là ? demanda-t-il.

— Rosie est un bull-terrier nain.

— Ben voyons !

À côté de lui, Colley sourit sans cesser de fixer la rue ; ses mains, posées l'une sur l'autre, restaient obstinément scotchées au sommet du volant.

— Bon, annonçai-je. Je vais remonter la rue jusqu'à ce chantier, puis revenir par le même chemin et déposer Rosie chez moi. J'en ressortirai ensuite pour prendre ma voiture et me rendre à Cambridge. Je ferai halte dans un établissement quelconque pour prendre deux tasses de café et des bagels. Puis je rendrai visite à mon ami Julie.

— T'as tout pigé, Colley ?

Colley hocha la tête.

Nous rentrâmes de notre promenade, Rosie et moi, et je pris la route de Cambridge. Colley et Buster me talonnaient. D'assez loin pour avoir le temps de réagir, d'assez près néanmoins pour que je ne les sème pas dans la circulation. Je négociai deux ou trois virages brutaux pour voir comment ils s'en tiraient. Colley semblait très bien se débrouiller. Je me garai sur Kirkland Street devant une énorme bâtisse victorienne de trois étages, mansardée, qui avait été divisée en lotissements. L'appartement de Julie se trouvait au troisième : chambre à coucher, salon, cuisine, salle de bains. Le tout meublé comme une chambre d'étudiant. Mobilier bon marché façon érable, lino sur le plancher de la cuisine et tapis rouge et vert tissé à la machine dans le salon.

— Je l'ai loué meublé, déclara Julie. En attendant d'être organisée.

— Ça m'a l'air tout à fait convenable.

Elle referma la porte derrière moi.

— Je vivais dans un manoir, objecta-t-elle.

Si l'on s'en tenait à la définition absolue du mot manoir, Julie gardait de son ancien domicile un souvenir plus entaché de nostalgie que de précision. Mais, comparé à ce taudis, le terme était de bon aloi. Je sortis les gobelets de café et les posai sur la table de la cuisine.

— Tu n'aurais pas une assiette ? demandai-je.

Elle alla quérir une assiette en plastique blanc dans le placard et la posa à côté des gobelets de café. J'y plaçai mes trois bagels.

— Je n'ai pas de crème de gruyère, annonça-t-elle.

— Mes cuisses t'en seront éternellement reconnaissantes. Le mieux est l'ennemi du bien.

Nous bûmes notre café et mastiquâmes nos bagels un petit moment.

— Alors, ça fait quel effet la vie de célibataire ? m'enquis-je.

— Tu devrais le savoir.

— Vivre seule, je veux dire.

Elle fixa le mur de la cuisine derrière moi : quelqu'un y avait apposé des décalcomanies florales. Un étui à calepin Tante Jemina vide était accroché près du téléphone mural.

— La trouille.

— Tout le monde, au début.

— Toi aussi ?

— Bien sûr. Tu te réveilles la nuit en sursaut, en te disant *Mon Dieu, qu'est-ce que j'ai fait ? Où sont passés ma maison, mon mari, ma vie ?*

— Mes enfants ?

J'acquiesçai d'un hochement de tête.

— Toi, au moins, il te reste ta chienne, fit-elle remarquer.

J'opinai derechef.

— Tu as envie de rentrer ? demandai-je.

— Je ne peux pas.

— Rien ne t'y oblige.

— Est-ce que la peur finit par se dissiper ?

— Absolument.

— Seigneur ! Je ne sais plus quoi faire.

— Tu as déjà fait quelque chose, affirmai-je. Rien ne te force à faire quoi que ce soit d'autre pour l'instant.

Julie hocha la tête. Elle était pieds nus et portait un jean et un T-shirt noir. Elle était coiffée, mais pas maquillée.

— J'aurais besoin de t'emprunter ton cerveau un instant, ça ne te dérange pas ?

— Je vois mal à quoi il pourrait te servir en ce moment, répondit-elle.

— Permets-moi déjà de t'exposer sommairement l'affaire.

Elle fit oui de la tête.

– Mary Lou Goddard me demande de la protéger d'un certain Lawrence B. Reeves qui la harcèlerait. J'y consens. Puis une femme du nom de Gretchen Crane, qui travaille pour Mary Lou et lui ressemble un peu, est assassinée. Là-dessus, on retrouve Lawrence B. Reeves tué d'une balle dans la tête. Sa lettre d'adieu explique qu'il a tué Gretchen en la prenant pour Mary Lou et s'est suicidé ensuite. Les flics gobent la couleuvre – deux meurtres élucidés du même coup –, mais pas moi. Je persiste donc. Je découvre que Mary Lou avait des relations sexuelles avec Lawrence B. Reeves, alors qu'elle se prétend agressivement lesbienne et qu'elle a même une maîtresse en titre. Une Noire nommée Natalie Goddard, à ce point attitrée qu'elle a adopté le patronyme de Mary Lou, bien qu'elles ne vivent pas ensemble.

– C'est assez fréquent, fit remarquer Julie.

Elle avait brisé un fragment de son bagel et en mâchonnait une petite bouchée.

– J'ai également appris que Gretchen menait une enquête sur la prostitution, dans l'espoir de sauver les putains d'une existence dépravée et, peut-être, de les organiser politiquement.

Julie renifla dédaigneusement. Je haussai les épaules.

– À cet effet, elle a pris contact avec Tony Marcus, qui règne sur la prostitution dans cette région. Celui-ci l'a adressée à un mac du nom de Jermaine Lister. Jermaine l'a autorisée à s'entretenir avec quelques-unes de ses filles et elle s'est souvent fait accompagner de Natalie, qui semblait l'assister dans son projet, à ces occasions.

– La petite amie de Mary Lou, c'est bien ça ? questionna Julie.

– Exactement.

– Avait-elle une aventure avec Gretchen ?

– Je me rangerais volontiers à cet avis. En outre, avant d'opter pour le patronyme de Mary Lou, Natalie Goddard s'appelait Natalie Marcus.

– Comme Tony, le gangster ?

– Précisément.

– C'est aussi un Black ?

– Bien sûr.

– Tu les crois parents ?

– Après mon entrevue avec elle, Jermaine...

– Qui est Jermaine, déjà ?

– Le maquereau que Tony m'a envoyé. Il a essayé de me tuer.

– Mon Dieu !

– Pas grave. Il n'a pas réussi son coup. Les flics le tiennent et s'efforcent ardemment de le retourner. Ils meurent d'envie de faire plonger Tony Marcus.

– En ont-ils les moyens ?

– Jermaine prétend avoir agi de son propre chef, parce que j'emmerdais ses filles.

– Et à ton avis ?

– Il l'a fait parce que j'ai pris langue avec Natalie Goddard/Marcus et qu'il existe entre ces deux-là un lien que Tony veut garder secret. Mais je crois que Jermaine craint beaucoup trop Tony pour le balancer.

– Eh bien, ton affaire est pour le moins compliquée, en effet !

– C'est encore pire que ça. Ou bien mieux, selon l'angle sous lequel on la considère. Lawrence B. Reeves, l'amant et persécuteur de Mary Lou Goddard, avait chaque semaine un rendez-vous galant avec une racoleuse du nom de Jewell, qui travaille pour Jermaine.

– Quelle trame complexe ne tissons-nous pas là ! s'exclama Julie.

Elle termina son café, jeta un coup d'œil sur ma tasse pour voir si j'avais fini le mien, s'empara des deux gobelets, se leva, les balança dans une poubelle en plastique blanche, plaqua ses fesses au comptoir de la cuisine et croisa les bras.

— Je n'ai pas pu parler à mes enfants, déclara-t-elle. Michael s'y oppose.

Je hochai la tête.

— Je ne le lui reproche pas, dans un sens. Il est fou de rage contre moi. Mais j'ai bien le droit de parler à mes enfants, tout de même ?

Je me levai à mon tour, me dirigeai vers la fenêtre et contemplai la rue. J'aperçus Buster et Colley, garés en double file près de ma voiture. Je dus m'avouer que leur présence était plutôt rassurante. Je me retournai vers Julie.

— Bien sûr que tu en as le droit, affirmai-je. Ce n'est pas à moi de te le dire.

— Je suis tellement déchirée...

— Bon sang ! m'écriai-je. Je t'ai écoutée, plainte, conseillée, prévenue depuis le début, dès que la merde a commencé à pleuvoir. J'ai attentivement prêté l'oreille à toutes tes doléances. Maintenant, j'aimerais que tu m'écoutes un instant. Il ne serait d'ailleurs pas mauvais que tu t'abstiennes de te contempler le nombril, ne serait-ce que très brièvement.

Julie me dévisagea. Ses yeux s'emplirent de larmes.

— Allons, chérie, l'exhortai-je. Bande tes muscles. J'ai besoin de ton aide.

Elle continua de me fixer sans mot dire, puis se tourna vers l'évier, se pencha au-dessus, s'aspergea le visage d'eau froide, s'essuya avec une serviette en papier, la jeta dans la poubelle et alla se rasseoir.

— Tu as raison, déclara-t-elle. Essayons de démêler ensemble le sac de nœuds de Mary Lou.

Ce que nous fîmes.

Trois heures plus tard, le soleil s'était suffisamment déplacé vers l'ouest pour que ses rayons daignent s'infiltrer par l'affreuse petite imposte noire de l'affreuse kitchenette de Julie. Buster et Colley patientaient toujours en double file. Et Julie était à la tête de deux pages de calepin jaune, noircies de notes, de gribouillis, d'arborescences et de flèches pointant différents noms.

— Qu'est-ce qu'on cherche exactement ? demanda-t-elle.

— Un schéma rationnel.

Elle eut un rire étouffé. Sans joie.

— C'est peut-être beaucoup exiger de la vie, fit-elle observer.

— Ce n'est pas parce que la tienne est embrouillée que toutes doivent être placées sous le signe de la confusion.

— Ah bon ? Tu as l'impression que je projette ?

— Partir du principe que ton angoisse est universelle, est-ce que ça ne revient pas, en quelque sorte, à « dramatiser » ta propre existence ?

Elle me sourit.

— Damnation ! s'exclama-t-elle. Je te trouve bien profonde pour un détective du sexe faible.

— Ça explique sans doute pourquoi j'ai précisément choisi cette profession.

Elle me dévisagea, les yeux écarquillés, puis reporta le regard sur ses notes.

— Il se dégagerait bien un petit schéma..., avança-t-elle.

— Le dépit amoureux ?

— En partie, mais c'est plus vaste que ça.

— Explique-moi.

— À quoi bon, si tu le distingues comme moi ?

— Tu m'as aidée à le voir. Tu m'aideras peut-être à le comprendre.

— Eh bien, merci mille fois !

— De rien, répondis-je. Je te trouve bien profonde pour un psychothérapeute du sexe faible.

Julie éclata de rire. D'un rire sincère, authentique.

— C'est sans doute pour cette raison que je suis devenue psychothérapeute.

— Qu'est-ce que tu vois, alors ?

— Du sexe marginal. Déviant. Inadéquat... Je ne connais pas le terme exact.

— Ah, oui. L'équivalent de bizarre, dans le jargon des psychanalystes.

— Inadéquat ? Oui. C'est un terme qui a son utilité. Mary Lou, par exemple, trompait Natalie avec Lawrence. C'est de toute évidence « inadéquat ».

Plus elle s'exprimait, plus toute sa personne acquérait une aura de professionnalisme. C'en était fini de l'adolescente confuse et hystérique. Elle redevenait adulte.

— Natalie trompait peut-être Mary Lou avec Gretchen. Lawrence, alors qu'il courtisait/harcelait Mary Lou, voyait régulièrement les filles de Jermaine, mais tu n'appelleras sûrement pas cela « tromper », dans la mesure où ils n'entretenaient sans doute pas une relation très suivie. En revanche, on ne peut pas non plus parler de « fidélité ». Jermaine, celui qui a tenté de te tuer, fourguait de l'amour vénal pour le compte de Tony Marcus, lequel est peut-être apparenté à Natalie, qui accompagnait Gretchen lorsque celle-ci est allée trouver Jermaine et — quel est son nom, déjà ? — Jewell, laquelle Jewell appartenait à son écurie de filles de joie. Toujours est-il que, quels que soient les éventuels autres aspects de cette affaire, le sexe en reste le pivot.

— Admettons. Par où dois-je commencer, en ce cas ?

Julie se tapota doucement les lèvres du bout des doigts.

– Connais-tu *Feu et glace*, le poème de Robert Frost ? demanda-t-elle.

– Les détectives ne lisent pas de poésie, répondis-je.

Elle hocha la tête.

– Les thérapeutes, si, déclara-t-elle.

Elle rejeta la tête en arrière, fixa le plafond, plissa les yeux et récita le poème en mettant emphatiquement l'accent sur ses derniers vers...

Je pense savoir assez de la haine
Pour affirmer que la glace
N'est pas moins douée que le feu pour détruire
Et suffirait.

– La vengeance ? demandai-je.

– Compte tenu de tout ce sexe débridé, ouvert ou clandestin, la jalousie doit probablement trouver sa place quelque part. Si j'étais toi, je commencerais par la liaison Natalie/Mary Lou.

– Même passion, fis-je remarquer. Application différente.

Julie sourit. De ce sourire légèrement supérieur du thérapeute s'adressant au néophyte, certes, mais d'un vrai sourire, comme je ne lui en avais pas vu beaucoup récemment.

– Quelque chose comme ça, admit-elle.

46

J'étais installée devant mon chevalet, le lendemain matin, sous ma lucarne qui laissait filtrer la plus belle lumière de la journée, lorsque Lee Farrell m'appela.

– Jermaine s'est fait suriner dans la cour de la prison, m'apprit-il.

– Mort ?

– Oui.

– Vous connaissez le coupable ?

– J'ignore le nom de celui qui lui a planté un couteau dans le corps, répondit-il.

– Mais vous subodorez la main de Tony Marcus ?

– Précisément.

– Pour s'assurer qu'il ne répète à personne que c'était lui qui avait envoyé Jermaine me tuer.

– Précisément.

– Ce qui, si ça s'avérait, impliquerait que Tony était effectivement derrière toute cette affaire. La question qui reste pendante, c'est *pourquoi ?*

– Sauf que nous n'avons pas le moindre commencement d'un début de preuve inculpant Tony.

– J'en déduis que vous ne lui avez pas encore posé la question.

— Non. Vous avez une petite idée ?

— Eh bien, Jermaine devait savoir quelque chose que Tony ne tenait pas à voir divulguer.

— Wouah ! Vous êtes décidément la fille de votre père !

— Épargnez-moi vos sarcasmes. Ce n'est pas parce que j'ai enfoncé une porte entrebâillée qu'elle n'était pas ouverte. Mais que savait exactement Jermaine ? Telle est la question.

— Tony l'a peut-être fait liquider parce qu'il était censé vous tuer et a échoué dans sa mission, répondit Farrell. Une sorte de mise à la retraite anticipée pour faute grave.

— Peut-être, mais, même si c'est le cas, pourquoi voulait-il me voir morte ?

— Tony a un vilain petit secret.

— Ça coule de source.

— Devinez lequel. Vous n'avez droit qu'à un seul essai.

— Lié à l'assassinat de Gretchen Crane, avançai-je.

— Comme tout le restant.

— Vous vous souvenez de Mary Lou Goddard ? demandai-je.

— Um hum.

— Elle a une maîtresse qui a pris son nom. Natalie Goddard.

— Alors ?

— Natalie Goddard s'appelait auparavant Natalie Marcus.

— Sur la tête du petit Jésus ?

— Sur la tête du petit Jésus.

— Ne quittez pas, fit Farrell.

Il reposa le combiné et, avant qu'il ne reprenne la ligne, j'entendis des froissements de papier en bruit de fond.

— Il y a une bonne demi-colonne de Marcus dans les Pages blanches de Boston, déclara-t-il.

— C'est peut-être une simple coïncidence.

— Et sans grande incidence, qui plus est. Même s'ils sont apparentés, ça ne nous apprend strictement rien sur l'identité de l'assassin de Jermaine Lister.

— C'est bien pourquoi je n'y ai pas fait allusion auparavant.

— J'allais justement y venir, laissa tomber Farrell.

— Vous aviez bouclé le dossier Gretchen Crane, protestai-je.

— Il l'est encore, assura-t-il. Mais nous avons à présent une affaire Jermaine Lister et elle est loin d'être bouclée.

— Certes, mais je viens de vous donner l'information.

Farrell garda le silence un instant.

— J'ai horreur des coïncidences, reprit-il. Elles ne mènent jamais nulle part.

— Exact.

— Quel âge a cette femme ?

— La quarantaine environ.

— Trop jeune pour être la fille de Tony. Une épouse, peut-être, ou une sœur ? Je vais vérifier ça.

— Et vous me tiendrez au courant de vos découvertes ?

— C'est ma seule raison de vivre.

47

Je venais tout juste de donner son petit déjeuner à Rosie quand ma sœur a téléphoné.

— J'ai reçu du papier bleu dans mon courrier, s'est-elle écriée.

— Bonjour.

— Je veux que tu les regardes avec moi.

— Qui te les envoie ? demandai-je.

— L'avocat de Hal. C'est arrivé en recommandé, ou quelque chose de ce genre, et j'ai signé avant de savoir ce qu'ils contenaient. Tu peux passer ?

— Non.

— Non ?

— Non.

Rosie avait des manières gastronomiques aussi robustes que directes. Elle dévorait rapidement sa pâtée, avec des claquements de mâchoire réguliers qui couvraient ma voix.

— Tu es ma sœur, Sunny, déclara Elizabeth au terme d'un bref silence. J'ai besoin de toi.

— Je n'examine pas de papiers officiels pour une tierce personne. C'est le travail des avocats. Il te faut un avocat.

— Tu en as un ?

— Oui. Le divorce a été prononcé à l'amiable, mais on doit quand même passer par un avocat.

— Il était compétent ?

— Elle était parfaite, rectifiai-je. Mais elle ne peut plus rien pour toi. Elle est juge, maintenant.

— Une femme ? Juge ?

Rosie avait terminé son petit déjeuner et poussait son écuelle de la truffe à travers la cuisine, au cas où il y aurait du rabe.

— Je peux lui demander son avis sur ton affaire, si tu veux.

— Je ne veux pas d'une femme.

— Et la filière des anciennes de la fac ?

— Je veux un avocat homme.

— D'accord. Je te donnerai quelques noms.

— Essaie de savoir de quelle fac ils sortent, suggéra Elizabeth.

— Quelle fac ?

— Bien sûr. Je veux pouvoir les jauger. Tu penses bien que je n'ai que faire d'un avocat diplômé de l'université de Pittsburgh ou d'une autre du même tonneau.

Rosie avait renoncé au rabe et reporté toute son attention sur son écuelle d'eau. Elle lapait bruyamment.

— Tout bien réfléchi, dis-je, tu ferais mieux de te trouver ton avocat toi-même.

— Moi ?

— Oui.

— Toute seule ?

— Um hum.

— Je ne connais strictement rien aux avocats.

— Tu as été mariée à l'un d'eux pendant dix-sept ans, fis-je remarquer.

— Tu dois m'aider, Sunny.

— Je t'aide, rétorquai-je. Je t'aide à grandir.

— Grandir ? Pour l'amour de Dieu... j'ai trois ans de plus que toi.

— Chronologiquement.

— Hein ?

— Pas grave. Il serait temps que tu apprennes à te débrouiller toute seule. À admettre que tu as besoin d'aide, et d'une certaine sorte d'aide. Et à te la procurer toi-même.

— De quoi diable veux-tu parler ?

Au vibrato de sa voix, je compris qu'elle se demandait si elle devait ou non fondre en larmes.

Je tentai une autre approche.

— La plus dure des vengeances, c'est encore de te faire une belle vie.

— Sincèrement, j'ai du mal à te comprendre la moitié du temps.

— Eh bien, si tu lui montrais que tu n'as nullement besoin de lui pour vivre, que tu peux parfaitement te passer de lui et mener ta vie de façon autonome, il en serait certainement fort marri.

Je n'en croyais pas un mot. Mais j'explorais toutes les ouvertures.

— C'est sa faute, à ce salaud ! cracha-t-elle.

— À Hal ?

— Bien sûr, à Hal. S'il ne m'avait pas laissé tomber, je ne serais pas dans cette foutue situation.

— Il ne t'a pas laissé tomber, rectifiai-je. Autant que je m'en souvienne, il t'a trompée. Tu l'as pris sur le fait et tu l'as flanqué à la porte.

— C'est *toi* qui l'as pris sur le fait.

— C'est donc ma faute ?

— Papa m'aidera, lui. Il comprendra.

— Et maman aussi, probablement ?

Ce n'était pas très charitable. Mais personne n'incite moins qu'Elizabeth aux aménités.

— Oh, Seigneur ! s'exclama-t-elle.

Elle se décida finalement. Elle fondit en larmes. Je l'écoutai pleurer un petit moment. Elle finit par s'interrompre pour reprendre son souffle.

– C'est l'occasion rêvée de te débarrasser de tout ce fatras qui te trotte dans la tête, affirmai-je. De grandir, de découvrir que tu te suffis à toi-même.

– Quoi ?

– Tu as juste besoin de prendre ton courage à deux mains, d'un minimum d'intelligence, d'un psy et d'un avocat. Personne ne les trouvera pour toi. Te voilà désormais livrée à toi-même, et je ne te rendrais pas service en te laissant croire le contraire.

Elle renifla timidement.

– Tu vois encore Richie, toi.

– Notre relation travaille pour nous. Elle n'est possible que parce que nous n'avons pas besoin l'un de l'autre pour être entiers. Tu comprends ce que je te dis ?

– Tu peux parler, toi ! Tu as fait je ne sais combien de boulots.

– Je peux parler parce que j'ai raison.

– Je n'ai jamais travaillé de ma vie, déclara-t-elle.

– Il serait peut-être temps de t'y mettre.

– Qu'est-ce que je t'ai fait pour que tu m'en veuilles autant, Sunny ? demanda-t-elle d'une voix encore enchifrenée et vibrante de trémolos.

J'éloignai le combiné de mon oreille, le tins devant moi et le contemplai quelques secondes avant de me rendre compte que je n'avais plus rien à ajouter. Je raccrochai délicatement.

48

Devant m'absenter quelque temps, je donnai à Rosie un gros os à moelle à mastiquer. Elle se précipita vers mon lit sans le lâcher et sauta dessus en le tenant dans la gueule. Ce qui signifiait qu'en rentrant je trouverais sans doute mon couvre-lit tout humide ; mais il était lavable, et même s'il ne l'avait pas été, c'était la place favorite de Rosie.

Je roulai jusqu'à Back Bay et, à mon quatrième tour du pâté de maisons, je trouvai enfin une place sur Clarendon Street, près de Commonwealth. J'ignorai souverainement l'horodateur. J'allais dépasser l'heure limite de toute façon, et j'écoperais quand même d'une contredanse. La journée était agréable. Température supérieure à 20 degrés, soleil brillant. Je fis signe à Buster et Colley, dont la Camry marron ronronnait à proximité de la mienne. Ils me filèrent le temps que je redescende Commonwealth à pied, avant de couper par le parc pour longer ensuite Charles Street jusqu'à River Street. Charles Street est à sens unique et la Camry ne pouvait pas m'y suivre, de sorte que Buster poursuivit à pied tandis que Colley faisait le tour du bloc pour me rattraper plus tard en débouchant dans

Charles Street. Buster remonta en voiture et ils se garèrent en infraction près de l'entrée de Revere Street, d'où ils pouvaient me voir, pendant que je prenais ma faction, le plus discrètement possible, devant l'immeuble de Natalie.

Je portais un grand chapeau, une robe estivale et de grosses lunettes de soleil Oakleys, de celles qui font serre-tête. Mon revolver était dissimulé dans mon sac à bandoulière. Sunny Randall, l'as du travesti ! J'avais eu le choix entre Natalie et Mary Lou. Et finalement opté pour Natalie. Il me fallait une photo d'elle. Et je partais également du principe qu'elle serait d'un abord plus facile, et qu'il y avait de bonnes chances pour qu'elle m'entraîne quelque part où je pourrais la filer. À ma connaissance, elle ne travaillait pas.

L'idée ne m'avait pas traversé l'esprit jusque-là. Mais elle s'imposa brusquement à moi. Mary Lou l'entretenait-elle ? Avait-elle une fortune personnelle ? Un ex-mari lui versait-il une pension alimentaire ? J'eus largement le temps d'y réfléchir, car, de toute la matinée, personne ne sortit de chez Natalie et personne n'y entra. De fait, j'eus largement le temps de réfléchir à un tas de choses : à Elizabeth, à Julie, à Richie et moi, à un inspecteur prénommé Brian que j'aimais beaucoup (mais pas suffisamment pour en tomber amoureuse ou renoncer à Richie pour lui), à la façon dont Rosie pouvait se montrer si expressive en dépit d'un masque relativement figé, à la manière presque magique qu'avait Vermeer d'éclairer ses toiles d'une lumière si éclatante... Puis à l'élégance dont Natalie faisait preuve lorsqu'elle émergea de sa porte d'entrée, vêtue d'un manteau long couleur crème sur une jupe courte assortie. Elle s'arrêta un instant sur la marche supérieure pour s'imprégner de l'air et de la lumière du jour.

Je la filai dans Charles Street et à travers le parc. Les

barques en forme de cygne faisaient déjà sur le petit lagon leurs premières sorties printanières, convoyant sereinement les touristes et leurs enfants. Natalie traversa Arlington près de la statue de George Washington et poussa la porte du Ritz. Comme c'était l'heure du déjeuner, je m'attardai un moment devant l'entrée, puis contournai le bâtiment par Newbury Street et jetai un coup d'œil à l'intérieur du café, à travers sa devanture. Natalie s'était assise à une table en face de Mary Lou.

Je musardai à proximité, en contemplant Newbury Street tout en jetant sur les deux femmes de fréquents coups d'œil à la dérobée. Le serveur leur apporta un verre de vin blanc. J'échafaudai un plan pendant qu'elles étudiaient le menu. C'était l'un des aspects que je préférais dans mon boulot de détective. Surtout lorsque mon plan fonctionnait.

J'entrai dans le café dès que le serveur eut terminé de prendre leur commande. J'annonçai au maître d'hôtel que j'allais me joindre à elles et je me dirigeai vers leur table.

– Eh bien, dis-je, quel plaisir de vous trouver là !

Natalie resta coite.

– Que désirez-vous ? demanda Mary Lou.

– Juste vous poser deux ou trois petites questions pendant que je vous tiens toutes les deux.

– Nous n'avons rien à vous dire. Je vous prie de déguerpir.

Je me penchai vers elle par-dessus la table et renversai ce faisant le verre de Natalie de la main gauche.

– Oh, mon Dieu ! m'exclamai-je. Je suis vraiment navrée.

Je redressai le verre et entrepris d'éponger la zone imbibée de vin à l'aide d'une serviette. Le serveur se précipitait déjà, armé d'autres serviettes.

— Permettez-moi de vous en offrir un autre, proposai-je. Et si jamais j'ai taché votre tailleur...

Au lieu de se sentir soulagée qu'il ne s'agît pas de vin rouge, Natalie semblait se soucier que le blanc n'ait souillé sa jupe et la frottait frénétiquement d'une serviette humectée d'eau. Mary Lou se leva.

— Ne vous préoccupez pas de ça. Contentez-vous de filer. Laissez-nous tranquilles, pour l'amour de Dieu !

Je ne suis pas du genre à m'incruster quand je me sens de trop. Je glissai le verre de Natalie dans mon sac à main et m'éloignai, laissant Mary Lou, Natalie, le serveur et le maître d'hôtel s'affairer à réparer ma maladresse. La Camry marron de Buster et Colley était garée dehors en double file. Je me dirigeai droit dessus, j'ouvris la portière arrière et grimpai à l'intérieur.

— Raccompagnez-moi jusqu'à ma voiture, s'il vous plaît.

— À quel propos tout ce ramdam ? s'enquit Buster.

— D'empreintes digitales, déclarai-je.

49

J'étais déjà installée au bar d'un établissement de Colombus Avenue, à l'enseigne du Club Café, quand Lee Farrel entra et s'assit à côté de moi.

– Navré pour le retard, déclara-t-il. La moitié de la ville est en chantier.

– Et à quel prix !

– J'habite au bout de la rue, poursuivit-il. Dans le South End. Autrefois, je pouvais me rendre au bureau à pied. Avant qu'ils ne déménagent le QG.

– Tout fout le camp.

Farrell commanda un martini Beefeater, sec, avec des olives. Quant à moi, je buvais un gimlet Kettle One à base de jus de citron vert frais. Farrell regarda son martini à la lumière du bar, puis il leva son verre à mon intention et nous trinquâmes.

– On a trouvé quatre jeux d'empreintes différents sur le verre, expliqua-t-il. Les vôtres. Des empreintes qui ne figurent pas dans nos archives. Sans doute celles du barman. Celles d'un type du nom de Solomon Cruz, arrêté en 1988 sous divers chefs d'inculpation. Probablement le serveur. Rien de plus récent. Et une paire d'empreintes appartenant à Verna Lee Lister, appréhendée une douzaine de fois pour racolage avant 1995.

– Lister ?

– Um hum.

– Comme Jermaine ?

– Um hum.

– Seigneur ! Serait-elle apparentée à toute la clique ?

– Il faut croire.

– Et c'était une prostituée ?

– S'il s'agit bien de ses empreintes, corrigea Farrell.

– Bonté divine !

– Vous croyez que sa compagne le sait ?

– Pas la moindre idée, répondis-je. Chaque fois que je me penche sur un nouvel aspect de cette affaire, je m'aperçois que les choses ne sont pas ce qu'elles semblent et que tous mentent à qui mieux mieux.

– Plein de gens mentent à propos d'un tas de choses, fit observer Farrell en buvant une gorgée de son martini. Ce monde ne brille pas par son honnêteté.

– Wouah ! Quel philosophe vous faites !

– Le métier de flic n'incite guère à voir la vie en rose.

– J'en ai vaguement le souvenir.

– Néanmoins, nous pouvons désormais, avec une raison valable, nous interroger sur la culpabilité de Lawrence B. Reeves dans ce meurtre. Mais s'il ne l'a pas commis, qui est le coupable ?

– Vous n'avez jamais été plus près d'admettre que vous ne l'en croyez pas capable, déclarai-je.

Il haussa les épaules.

– La question reste en suspens.

– Je sais. À mon grand dam.

– Vous avez une hypothèse ?

– Au point où j'en suis de mon enquête, tout me

porte à croire que la relation de Natalie et Mary Lou n'est pas totalement franche du collier.

– C'est *ça*, votre hypothèse ?

– Ouaip.

– Grandiose.

Je haussai à mon tour les épaules.

– En entrant, laissa-t-il tomber, j'ai remarqué qu'une paire de gros bras rôdaient devant l'entrée dans une Camry marron.

– Ce sont les gars du père de Richie, expliquai-je. Son père et son oncle ont appris qu'on m'avait tiré dessus et m'ont immédiatement dépêché des gardes du corps.

Farrell sourit.

– Une belle-famille aux petits soins !

– Ex-belle-famille.

– Je me suis laissé dire que vous étiez toujours avec Richie.

– Nous nous voyons. Nous ne sommes plus mariés.

– Une fille a besoin de respirer de temps en temps.

– Ça ou autre chose.

– Vous pensez qu'ils sont envoyés par Richie ?

– Il prétend que non.

– Vous le croyez ?

– Oui.

– Vous voulez que je les fasse dégager ?

– Non. Ils reviendraient. Vous connaissez les Burke.

– Ouaip.

– Et pour être tout à fait franche, je me sens plus en sécurité avec eux.

– Ils me feraient le même effet, admit Farrell.

50

Je me suis rendue le lendemain au nouveau QG et j'ai regardé des photos de Verna Lee Lister sur le trombinoscope.

— Oui, dis-je à Farrell. Elle a changé de look, mais c'est bien Natalie.

— Parfait, assura-t-il. J'ai songé à prendre le problème par l'autre bout et je suis donc passé ce matin à la brigade du Grand Banditisme. Histoire de faire des recherches sur Tony Marcus dans leur ordinateur.

Nous étions assis au bureau de Farrell dans la salle de brigade qui était neuve et proprette, comme tout le bâtiment, et transpirait l'efficacité. Cynisme et chagrin n'avaient pas encore imbibé ses murs. La peinture était fraîche.

— C'est fort aimable à vous, déclarai-je.

— Leurs services l'ont arrêté en 1997 pour crime en réunion.

— J'en déduis que leurs charges n'ont pas tenu.

— Non. Ils n'y comptaient d'ailleurs pas. Ils cherchaient simplement à le harceler le plus possible. Il a été libéré sous caution au bout de deux heures et l'audience préliminaire a prononcé un non-lieu.

Il ouvrit un dossier en papier kraft, en tira une sortie papier et me la tendit.

— Regardez qui a versé la caution.

— Natalie Marcus, épouse du prévenu.

— Eh oui, renchérit Farrell. À vous d'élucider l'affaire, maintenant.

— L'élucider ?

— Bien sûr. Je vous ai mâché le travail.

— Ben, voyons ! m'exclamai-je. Le trajet jusqu'au Grand Banditisme a dû être épuisant.

— Eh, je vous ai déniché l'identité de votre Noire. Et j'ai prouvé qu'elle avait été mariée à Tony Marcus.

— Je sais. Merci bien. Le hic, c'est que plus j'accumule d'informations sur cette affaire, moins je la comprends.

— Si j'enquêtais sur un meurtre..., reprit Farrell, ce qui n'est pas le cas puisque le dossier est classé, et que Tony y soit mêlé, je partirais du principe qu'il l'a commandité.

— Peut-être effectivement qu'en partant de lui..., suggérai-je.

— Et en remontant en arrière, poursuivit-il.

— Je me demande s'ils sont encore mariés, Natalie et lui.

— Ça vaudrait le coup de se renseigner, j'imagine.

— C'est pratiquement toujours à cela que ça se résume, n'est-ce pas ? déclarai-je. On trouve une question et on s'efforce d'y répondre. Et lorsqu'on a accumulé suffisamment de réponses, un schéma commence à se dégager.

— Tantôt oui, tantôt non.

— Je sais. Tous les crimes ne sont pas résolus, nous ne l'ignorons ni l'un ni l'autre.

— Merde, Sunny, vous étiez de la Maison. Vous savez très bien qu'il nous arrive parfois de ne même pas essayer de résoudre une affaire. De nous contenter de la débroussailler.

— Je sais, répondis-je. C'est le gros avantage que j'ai sur vous. J'ai juste à m'inquiéter de résoudre le crime, et je peux y consacrer tout le temps que je veux.

— Du moins jusqu'au jour où vous vous retrouvez fauchée.

— En temps ordinaire, j'ai un client.

— Et dans cette affaire ?

— Je pourrais vendre une de mes toiles.

— Um hum.

Je lui souris.

— Et mon ex-mari est riche.

— Pension alimentaire ?

— Dieu du ciel, non ! me récriai-je. Jamais je ne demanderai à Richie de me verser une pension alimentaire.

Farrell hocha la tête.

— Bien sûr que non.

— Les pensions alimentaires peuvent complètement saboter une relation.

— Il me semblait que le divorce s'en chargeait avant.

— Ce n'est pas obligatoire et, même si ça l'était, la pension alimentaire peut détruire une femme. Elle reste dépendante de l'homme dont elle vient de divorcer.

— Et comment élève-t-elle les gosses ? s'enquit Farrell.

— Les parents devraient pouvoir subvenir aux besoins de leurs enfants.

— Si vous commencez à enquêter sur le compte de Tony Marcus, faites gaffe à vous montrer très prudente, me conseilla-t-il.

— C'est peut-être lui qui devrait se méfier de moi, objectai-je.

— Vous n'avez plus besoin de prouver que vous êtes

une dure, Sunny. Tout le monde le sait. Mais si jamais vous lui faites de l'ombre et qu'il est de mauvaise humeur ce jour-là, Tony vous fera descendre. Il a déjà envoyé un type pour vous tuer.

– Je me demande bien pourquoi il a choisi Jermaine, déclarai-je. Et pas Ty-Bop.

– C'est une très bonne question, reconnut Farrel. Pour une fille.

– Avouez qu'elle ne vous était pas venue à l'esprit.

– Peut-être que si. Et peut-être que non.

– Et peut-être que vous êtes un imbécile.

– J'ignorais qu'on pût encore en douter. Mais pourquoi n'a-t-il pas envoyé Ty-Bop ?

– Peut-être n'a-t-il pas envoyé Jermaine non plus.

– En ce cas, pourquoi diable Jermaine aurait-il essayé de vous trouer la peau ?

– Bonne question, avouai-je. Pour un garçon. Peut-être est-ce lié à cette même affaire de changement de nom ?

– Félicitez-vous déjà qu'il n'ait pas envoyé Ty-Bop.

– Ty-Bop est un ado maigrichon et accro à l'héro.

– Ouais. Et son espérance de vie ne dépasse pas celle d'une mouche à viande. Mais il sait tirer. Et si Marcus ne le contrôlait pas, il tirerait sur tout ce qui bouge. S'il vous avait envoyé Ty-Bop, vous ne seriez plus là pour en parler.

– Ravie qu'il lui ait préféré Jermaine, conclus-je.

51

Dès que Natalie descendit les marches de sa maison, vêtue d'un survêtement griffé et de baskets, je lui emboîtai le pas.

— Je n'ai pas la moindre envie de vous parler, déclara-t-elle.

— Non, bien sûr, répondis-je. Je ne vous le reproche pas. Mais il vaudrait mieux vous débarrasser de cette corvée. Vous savez à quel point je peux me montrer insistante.

Elle poursuivit son chemin vers le fleuve le long de Revere Street. Je ne la lâchai pas d'une semelle.

— Je ne sais strictement rien de vous, affirma-t-elle. Sauf que vous êtes une emmerdeuse patentée. Une petite salope de fouille-merde.

— Je croyais que les féministes ne devaient jamais prononcer ce mot ?

— Mon vocabulaire pourrait vous surprendre, rétorqua-t-elle en accélérant légèrement le pas.

Nous avons marché en silence jusqu'à l'entrée de la passerelle, là où Arlington Street arrive de Storrow Drive, et l'avons empruntée pour déboucher sur l'esplanade près de la Hatch Shell. Natalie essayait de me semer, mais je restais à sa hauteur.

– Que me voulez-vous ? finit-elle par demander.

Si sa voix n'avait pas été aussi cultivée et maîtrisée, elle aurait sans doute grogné.

– Quel lien avez-vous avec Tony Marcus ? demandai-je.

Sa tête pivota brutalement, comme électrifiée.

– Barre-toi ! gronda-t-elle, les dents serrées.

– Depuis quand avez-vous cessé de tapiner ? l'interrogeai-je.

Elle s'arrêta net. Je l'imitai.

– Espèce de sale petite ordure de poufiasse blanche ! cracha-t-elle, les mâchoires encore plus crispées. Tu vas me foutre la paix et te casser, bordel, ou je te botte ton vilain cul de blondasse !

Au temps pour la bonne éducation.

– Mary Lou est-elle informée de vos antécédents ?

Elle me balança un coup de pied, comme promis. Mais elle n'était pas en position d'exécuter sa menace et me toucha au genou. Puis elle se mit à me flageller de ses deux poings. Elle n'était pas très douée, mais y mettait un bel enthousiasme et plusieurs de ses coups portèrent avant que je réussisse à lui bloquer le bras droit. Je me faufilai par-dessous, le lui tordis derrière le dos et l'y maintins de la main droite en même temps que, de la gauche, je la harponnai par sa tignasse.

– Je suis menue, mais rapide, fis-je observer.

Natalie se débattait, mais elle n'en pouvait mais.

– Je peux tenir plus longtemps que toi, affirmai-je. Tu ferais mieux de te calmer.

– Va te faire foutre, salope !

– Calme-toi, ou je te déboîte l'épaule.

– Sale pétasse !

J'imprimai une légère torsion à son bras. Elle fit « Ouille ! » et s'immobilisa.

– C'est déjà mieux, déclarai-je. Bon, au départ, tu t'appelais Natalie Marcus. Tu as versé la caution de Tony en 1997 et, à l'époque, on t'a enregistrée comme son épouse. Auparavant, tu étais connue sous le nom de Verna Lee Lister et tu as été arrêtée plusieurs fois pour racolage avant 1995.

– Et alors ?

– Ce qui rend la chose encore plus intéressante, c'est qu'un maquereau du nom de Jermaine Lister a essayé de me tuer voici quelque temps, qu'il a été arrêté pour ce fait et poignardé ensuite dans la cour de la prison. Il en est mort.

– Jermaine ?

– Ouaip. Ça fait un peu beaucoup de coïncidences patronymiques, tu ne trouves pas ?

– On a tué Jermaine ?

– Tu le connaissais ?

Natalie éclata en sanglots. Ce n'étaient pas des sanglots bruyants ; étouffés, plutôt ; intériorisés. Je la lâchai et elle alla s'asseoir sur un banc devant le fleuve. Je pris place à côté d'elle.

– Tu connaissais bel et bien Jermaine, n'est-ce pas ?

Elle baissa la tête.

– C'était ton mari ?

Elle secoua la tête.

– Ton frère ?

Hochement de tête.

– Navrée.

Elle ne répondit pas. Elle continuait de fixer l'eau en pleurant.

– Sais-tu qui l'a fait tuer ? demandai-je.

Elle ne détourna pas les yeux du fleuve qui s'écoulait paresseusement, vers l'est et le port.

– Sais-tu qui a tué Gretchen Crane ?

Regard fixe.

– Sais-tu qui a tué Lawrence B. Reeves ?

Regard fixe.

– Natalie, insistai-je, je connais tous les protagonistes de la pièce et la majorité des connexions. Il ne me faudra pas longtemps pour tout déterrer.

Elle se mit à prendre de profondes inspirations saccadées, sans cesser une seconde de fixer le fleuve. J'attendis. Elle ne disait rien, ne me regardait pas. Il aurait fallu être plus coriace que je ne l'étais pour continuer à la harceler. Je me levai.

– Je suis désolée pour ton frère, affirmai-je. Et je regrette que tu l'aies appris de cette façon.

Elle continua de fixer le fleuve, en pleurant et en respirant lourdement. Je m'éloignai.

52

J'étais assise avec Mary Lou Goddard dans son bureau de *Pas de Géantes*. Elle ne se montrait guère plus amicale que Natalie un peu plus tôt.

– Je le regrette pratiquement depuis le jour où je vous ai rencontrées, vous et cette ignoble petite chienne.

L'allusion péjorative était gratuite mais, dans la mesure où Rosie n'était pas là pour l'entendre, je fis la sourde oreille.

– Vous risquez de le regretter davantage, affirmai-je.

– Vous êtes bien trop insignifiante à mes yeux pour m'inspirer plus de regrets, déclara-t-elle. Vous n'êtes qu'une sale petite mêle-tout, une fouineuse sans gêne qui n'a pas la première idée de la place qu'elle doit tenir dans l'ordre naturel des choses.

– L'ordre naturel des choses ?

– Nous faisons ici un travail sérieux. Vous semblez décidée à nous mettre des bâtons dans les roues.

– Sans doute un effet collatéral. Mais je m'intéresse au premier chef à découvrir pourquoi trois personnes ont été assassinées.

— Trois ?

— Gretchen Crane, Lawrence B. Reeves et Jermaine Lister.

— Jermaine qui ?

— Lister.

Je scrutai ses traits. Rien dans son expression ne semblait indiquer que ce nom lui évoquât quoi que ce fût.

— Je ne connais personne du nom de Lister, assura-t-elle.

Je ne répondis pas. J'aurais sans doute pu lui annoncer que l'identité réelle de sa compagne m'était connue, juste pour voir sa réaction. Mais je songeais à Natalie, sanglotant sur son banc devant la Charles. Il m'arrive parfois de me demander si j'en ai assez dans le ventre pour faire ce boulot.

— Pourriez-vous me dire comment vous avez connu Natalie ? demandai-je.

— Certainement pas.

— Connaissait-elle Gretchen ?

— Je n'ai strictement rien à vous dire.

— Comment s'appelait Natalie avant votre rencontre ?

Mary Lou croisa les bras sans répondre.

— Était-elle au courant, pour vous et Lawrence B. Reeves ?

Elle se leva sans mot dire, sortit de son bureau, longea un petit couloir et disparut. J'envisageai un instant de la rattraper. Mais elle avait dû se claquemurer dans les toilettes et la perspective de tambouriner à la porte ne m'emballait que très modérément ; d'autant qu'elle ne semblait pas devoir se solder par un quelconque éclaircissement.

Au cours des quelques jours qui suivirent, je m'efforçai d'interroger le personnel de *Pas de Géantes.* Cette tâche m'occupa plus longtemps qu'elle ne l'aurait dû, car, devant m'y employer à l'insu de Mary Lou, je me voyais contrainte d'aborder ses employées à la sortie de leur travail, pendant leur pause-café ou déjeuner, voire – *beurgh !* – lorsqu'elles descendaient dans la rue pour fumer une cigarette. Aucune ne savait quoi que ce fût sur Natalie, la vie amoureuse de Gretchen, la vie amoureuse de Mary Lou, Lawrence B. Reeves, Jermaine Lister, Tony Marcus ; pas même l'heure qu'il était. Une jeune femme m'avoua assez rapidement que Mary Lou les avait exhortées à ne pas m'adresser la parole. Mais je persistai jusqu'à ce que je les aie toutes interrogées sans rien en tirer. Plus cette affaire me résistait et plus je m'entêtais. Mais, trois jours plus tard, je n'avais pas avancé d'un iota, de sorte que j'emmenai Rosie dîner chez Spike. Il lui arrivait parfois d'avoir de bonnes idées. Ou, au moins, de m'apporter un peu de réconfort. Et, dans tous les cas, il me faisait rire.

53

Nous étions assis à la meilleure table de son établissement, devant une bouteille de gewürztraminer et un plat de homard aux pâtes fraîches sauce vodka à la crème. Rosie avait sa chaise personnelle, mais passait le plus clair de son temps sous la table à ronger un os à moelle. Spike avait rempli la cavité de l'os de beurre de cacahuète et Rosie s'entêtait bruyamment à ne pas en perdre une miette.

Une serveuse vint parler à Spike à notre table au cours du repas :

— Un monsieur demande à s'entretenir avec le directeur, à la table 4.

— Bien sûr, répondit-il. Excuse-moi, Sunny.

Il se dirigea vers la table 4.

— Vous vouliez me voir ?

— Vous êtes le directeur ?

— En effet.

— Les chiens sont-ils autorisés dans votre restaurant ?

— Les chiens ? s'enquit Spike. Vous avez vu un chien quelque part ?

— Sous votre chaise, répondit le monsieur.

— Alors, c'est sans doute, ne croyez-vous pas, que la réponse à votre question, c'est : « Oui, les chiens sont autorisés dans mon restaurant ! »

L'homme était accompagné d'une femme et d'un autre couple. Tous se regardèrent.

— Eh bien, déclara la femme, je ne trouve pas cela très salubre.

Spike afficha un sourire courtois.

— Si vous aviez vu les cuisines, assura-t-il, vous ne vous feriez pas autant de mouron pour le chien.

Les quatre clients le dévisagèrent, médusés. Il continuait de sourire.

Puis celui qui, le premier, avait mis Rosie en cause reprit la parole.

— Eh bien... Pour l'amour de Dieu... je pense que vous feriez mieux de nous apporter l'addition.

— Certainement, monsieur.

Spike claqua des doigts et fit signe à la serveuse. Elle leur apporta la note avec un grand sourire et Spike revint s'asseoir à notre table. La queue de Rosie martela allégrement le sol à son retour, mais elle ne lâcha pas son os à moelle.

— Ils laisseront un gros pourboire, affirma Spike.

— Un pourboire ?

— Bien sûr. La serveuse ne peut pas être tenue pour responsable de l'outrecuidance de la direction. Ils ne tiennent pas à passer pour des rats.

— Tu crois donc qu'ils vont lui graisser la patte ?

— Beaucoup trop. Tu as eu des nouvelles de l'ex-petit copain d'Elizabeth... Machin-chose, là ?

— Du méprisable Mort ? Aucune.

— Et de la fabuleuse Mary Lou Goddard ?

Il était monochrome, ce soir-là : complet noir, chemise noire, cravate en soie anthracite, mocassins de cuir noir à glands.

— J'éprouve un certain mal à boucler cette affaire,

avouai-je. Néanmoins, je suis flattée de voir que tu t'es mis sur ton trente et un en mon honneur.

— Tout le plaisir est pour moi, répondit-il. Si j'étais hétéro, je te harcèlerais comme un terrier un rat.

— Et un tel talent pour la métaphore !

— C'est une comparaison. Parle-moi un peu de Mary Lou.

Je lui appris ce que je savais.

— Quand on parle de terriers et de rats..., laissa-t-il échapper.

— Je veux en avoir le cœur net.

— Tu pourrais imprimer cette devise sur ta carte de visite. (Il poursuivit d'une voix plus profonde :) *Sunny Randall, Enquêtes en tout genre : Je veux en avoir le cœur net.*

— Eh bien, c'est le cas.

— C'est un de tes plus grands charmes, Sunny. Rien ne te semble hors de portée, ni dans ta quête de la vérité ni dans ta soif de justice. Tu te cramponneras à cette affaire jusqu'à ce que les gonds des portes de l'enfer se mettent à geler, *parce que tu veux en avoir le cœur net.*

— Et, pour l'instant, je ne sais toujours rien de ce qui s'est passé. Et je ne sais même pas comment m'y prendre pour le découvrir.

— Eh bien, tu sais au moins qu'il existe un lien entre Natalie, Gretchen et Mary Lou. Et qu'il en existe un autre entre Jermaine, Natalie et Tony.

— Oui.

— Tu n'as rien tiré de Mary Lou ?

— Non.

— Tu n'as rien tiré de Natalie ?

— Non.

— Gretchen et Jermaine sont morts ?

— Oui.

— Que te reste-t-il ?

— Tony.

– Tu vois bien... tu le savais depuis toujours.

Le quatuor de cynophobes prit la porte. La serveuse ramassa le double de la facturette de carte de crédit, l'apporta à Spike et la lui montra.

– Trente-cinq pour cent, m'annonça-t-il.

– Tu connais bien ta pratique, convins-je. Le hic avec Tony Marcus, c'est que je ne sais pas comment l'aborder.

– Tu pourrais aller lui poser la question ?

– Me répondrait-il ?

– Bien sûr que non.

– Tu vois une autre solution ?

– Si je couchais avec Richie Burke... et ça me plairait énormément, par parenthèse... j'essaierais de savoir si je ne peux pas recruter son père, son oncle et lui-même.

– Les Burke ont déjà mis deux gorilles à ma disposition pour veiller à ma sécurité.

– Buster et Colley, je sais. Ils pourraient sans doute te protéger de Jermaine et de ses pareils. Mais Tony veut ta mort. Ty-Bop les descendra et t'abattra ensuite, avant même qu'ils aient eu le temps de mettre sabre au clair.

– D'où connais-tu Buster et Colley ?

Spike sourit.

– D'où connais-tu Ty-Bop ?

Le sourire de Spike ne s'effaça pas.

– Oh, toi et Mona Lisa... ! Mais je me refuse à quémander l'aide de Richie et de sa famille.

– Nous avons déjà eu cette conversation, déclara Spike. Tu aimes Richie, non ?

– Oui.

– Il t'aime ?

– Oui.

– Eh bien, l'entraide fait partie intégrante de l'amour.

— Je sais.

— Si Richie avait besoin d'aide, tu l'aiderais ?

— Oui. Mais de là à lui demander d'impliquer sa famille...

— Si Richie venait te prier d'aider son oncle, tu accepterais ?

— Felix ?

— Ouais. Felix.

— Oui, si Richie lui-même me le demandait.

Spike se rejeta en arrière sur sa chaise, joignit les doigts sous le menton et me sourit.

— Seigneur, ce que tu peux être fat ! m'exclamai-je.

— À bon escient !

— Si je veux en avoir le cœur net..., commençai-je.

— Tu devras obligatoirement passer par Tony, termina-t-il.

— Et si je veux passer par Tony et survivre à cette entrevue...

— Il te faut rameuter les Burke.

L'espace d'un instant, nous écoutâmes Rosie ronger son os.

— Tu as raison, déclarai-je finalement.

— S'il doit y avoir une réunion, dans un endroit public et en terrain neutre, elle pourra se tenir ici.

— Merci.

— À ton service.

54

Nous ne nous sommes pas retrouvés chez Spike, mais autour d'une des petites tables de pique-nique installées près du parking d'une aire de repos de la 3, au sud de Boston. Je me suis assise d'un côté, en face de Tony, avec le père de Richie, et Richie et l'oncle Felix à la table voisine. Ty-Bop, les bras croisés et appuyé à l'aile d'une Lincoln Town Car, se trémoussait au rythme d'un batteur interne. Junior se dressait près de lui, gigantesque, immobile et menaçant. Les deux bords avaient amené des soldats – blancs pour les Burke, noirs pour Marcus – et ils s'étaient déployés dans le parking, au volant de leurs voitures dont les moteurs tournaient. J'apercevais Buster et Colley dans l'une d'entre elles.

Tony me sourit.

– Vous déplacez de l'air, pour une gentille fille, fit-il remarquer.

Le moment me parut mal choisi pour lui faire remarquer que j'étais une femme, non une « fille », et je me contentai de lui rendre son sourire.

– Je ne fais que mon boulot, déclarai-je.

– Eh bien, Desmond ? reprit-il en se tournant vers le père de Richie. Que puis-je pour vous ?

Desmond Burke faisait partie de ces Irlandais au visage ascétique qu'on peut apercevoir sur les vieilles photos de l'IRA. En d'autres temps, il serait peut-être mort en martyr sur les barricades. Son menton reposait sur ses mains croisées.

– Comme vous le savez sans doute, Tony, je considère Sunny comme ma propre fille.

– Phil Randall est-il au courant ?

Desmond Burke était à sa façon une manière de zélote et, comme tous les zélotes, il ignorait l'humour.

– Donc, lorsqu'elle a un problème, je l'assume comme si c'était le mien.

– Rien de tel qu'une famille unie, approuva Tony.

Je regardai autour de moi. À la table voisine, Felix Burke ne nous prêtait aucune attention. Il fixait Ty-Bop sans broncher. Felix, le plus jeune frère de Desmond, est un ancien boxeur au corps massif et aux épaules tombantes ; le tissu cicatriciel lui bouffit les yeux et lui aplatit le nez. Desmond est le théoricien de l'organisation Burke et Felix s'occupe de la logistique. Je jetai un coup d'œil vers Ty-Bop. Lui non plus ne nous regardait pas. Il dévorait Felix des yeux. Richie me scrutait. Sentant mon regard se poser sur lui, il me fit un clin d'œil.

– Sunny veut devenir détective, poursuivit Desmond. Je ne peux pas franchement dire que j'apprécie. Mais Sunny se moque éperdument de mon appréciation. Elle veut exercer cette profession et elle l'exerce donc.

– C'est bien les gonzesses, ça ! fit remarquer Tony.

J'imaginai Mary Lou Goddard assistant à cette conversation.

– Bon, Sunny a besoin de votre aide et elle se dit que si elle va vous trouver toute seule, ça risque de vous agacer et de vous inciter à lui envoyer l'autre agité du bocal pour la liquider.

Si Ty-Bop s'entendit traiter d'agité, il n'en laissa

strictement rien paraître. Mais peut-être n'entendait-il que les seules déflagrations.

– Vous m'en croyez vraiment capable, Sunny ? demanda Tony.

– Bien sûr, répondis-je.

Desmond sourit. Ce sourire était purement facial. Comme s'il savait qu'il était censé sourire à ce moment précis et s'exécutait docilement pour le photographe. Mais son sourire s'évanouit rapidement, sans laisser de traces.

– Je me suis donc dit que nous pouvions peut-être nous asseoir tous ensemble, termina Desmond, pour essayer de trouver une sorte de compromis.

Il jeta un regard vers les voitures qui ronronnaient alentour et haussa la voix.

– Colley ! Apporte-moi cette Thermos !

Colley descendit de voiture, chargé d'une grande Thermos verte dont le capuchon argenté faisait également office de timbale.

– J'ai pris la liberté d'apporter du café, expliqua Desmond. Vous en voulez ?

Tony hocha la tête. Desmond n'en proposa à personne d'autre. Colley dévissa soigneusement le capuchon, ôta le bouchon et versa du café dans la timbale. Desmond hocha la tête.

– Laisse-la ici, ordonna-t-il.

Colley posa la Thermos sur la table et regagna la voiture. Ses mouvements trahissaient une certaine tension. Desmond prit la timbale à deux mains et y trempa les lèvres.

– Quel genre de compromis ? s'enquit Tony.

S'il sentait la tension, il ne le montrait pas. Il semblait totalement détendu : un monsieur de bonne compagnie, assis avec des amis à une table de pique-nique. Tout autour de nous, près du bâtiment hébergeant les cabines de détente, des touristes vêtus de shorts affligeants et de chemises bariolées, chargés d'enfants ou d'appareils photo, montaient ou descendaient de voiture, mais restaient parfaitement étrangers à l'événement. Leurs triviales allées et venues les rendaient presque invisibles. Évanescents.

— Sunny enquête sur deux meurtres, répondit Desmond. Elle prétend que son investigation pourrait déborder et empiéter sur votre pré carré.

Tony ne répondit pas. Il n'avait pas l'air de craindre Desmond. Dieu sait pourtant si Desmond est redoutable. De fait, Tony semblait n'avoir peur de rien. Ce qui expliquait sans doute comment il en était arrivé là.

— Si c'est le cas, poursuivit Desmond, nous n'aimerions pas que vous la bazardiez.

Tony sourit.

— Direct, hein ? lâcha Tony. C'est ce que j'ai toujours aimé chez vous, Des. Vous allez droit au but.

— En fait, nous vous saurions même gré de l'aider.

— Même si c'est contraire à mes intérêts ? demanda Tony.

Je remarquai que le plus clair de son accent « black » s'évanouissait lorsqu'il s'adressait à Desmond.

— Sunny vous laissera en dehors du coup.

— Comment savoir si je peux lui faire confiance ?

— Vous pouvez vous fier à moi, déclara Desmond.

— En admettant qu'elle s'égare sur mes plates-bandes et que ça ne me plaise pas, pourquoi devrais-je m'interdire de la descendre ?

— Parce que nous coexistons pacifiquement dans cette ville depuis longtemps et que nous ne tenons pas à ce que ça cesse.

— Vous déterreriez la hache de guerre pour cette nénette ?

— La famille, expliqua Desmond.

Il tenait la timbale à deux mains, les coudes sur la table, et l'inclinait légèrement pour boire. Ses yeux profondément enfoncés scrutaient Tony sans ciller par-dessus le rebord du récipient. Tony inclina légèrement le buste en arrière, posa les mains à plat sur la table et la martela doucement de ses doigts.

– J'ai constaté que vous la faisiez escorter par une paire de houligans.

Je ressentis un infime pincement au creux de l'estomac. Tony m'avait fait suivre.

– Deux braves petits gars irlandais, rectifia Desmond.

Tony pianota encore un peu sur la table.

– Ça ne faciliterait certainement pas les affaires en cours, reconnut-il, si nous devions nous entretuer en même temps.

– En effet.

Tony tambourina.

– Je ne promets rien, déclara-t-il. Mais si Sunny veut passer me voir demain, seule, sans bouffeurs de patates irlandais à sa remorque, nous bavarderons et il ne lui arrivera rien. Ensuite, nous verrons au jour le jour.

Desmond me regarda. Je hochai la tête. Richie fixait Tony Marcus.

– S'il arrive quelque chose à Sunny, laissa-t-il tomber, t'es mort.

Felix ne me donna pas l'impression d'avoir bougé, mais je crus le voir se concentrer plus attentivement sur Ty-Bop, tandis que ce dernier me paraissait brusquement se départir de sa fébrilité. Le regard de Richie aurait fait se décrocher des poignées de porte. C'était un aspect de sa personne que je n'avais jamais vraiment appréhendé et que je n'appréciais que très modérément. Mais s'il perturba Tony, celui-ci savait se maîtriser : il souriait.

– Nous mourrons tous tôt ou tard, laissa-t-il tomber.

– Plutôt tôt que tard, rétorqua Richie.

55

Je devais rendre visite à Tony Marcus dans la matinée du lendemain et j'y réfléchissais. Si jamais ça tournait mal, avoir un revolver – voire deux – ne m'avancerait certes pas énormément, mais me rassurerait malgré tout. Je sortis un .38 Derringer à deux coups du placard où je rangeais mes armes et tentai de le dissimuler sur ma personne. Au même moment, le téléphone se mit à sonner. C'était Elizabeth.

– J'ai signé les papiers, m'annonça-t-elle lorsque je décrochai.

– Elizabeth ?

– Naturellement. Je lui ai signé sa putain de paperasse.

– Pour le divorce ?

– Évidemment.

– Ça me semble avisé.

– Et je voulais juste te dire que je descendais en ville pour fêter ça.

– Excellente idée.

– Et aussi que j'ai un rancart.

Je donnai dans la plus parfaite hypocrisie :

– Vraiment ? Comment est-il ?

— Il s'appelle Harvey. Je ne l'ai pas encore rencontré, mais il est fabuleusement riche, paraît-il.

— Comment se fait-il que tu aies rendez-vous avec lui ?

— Eh bien, j'ai décidé de ne plus rester passivement assise sur mon cul et pris des dispositions en conséquence.

— Tels que ?

La voix d'Elizabeh adopta ce ton de défi qu'elle empruntait généralement lorsqu'elle avait fait quelque chose qui l'embarrassait et refusait de le reconnaître.

— Je suis tombée sur son encart dans les Petites Annonces.

— Et Harvey t'a répondu ?

— Oui.

— C'est de lui que tu tiens cette information sur sa fabuleuse fortune ?

— Tu ne serais pas un peu jalouse, par hasard ?

— Où vas-tu le rencontrer ?

— Au Steak-O-Rama de Braintree.

Dans un centre commercial sur la 3. Là où tous les milliardaires viennent boire.

— Tu veux bien me rendre un service ?

— Lequel ?

— Tu le retrouves là-bas et tu le quittes aussitôt. Ne lui dis pas où tu habites et ne reste pas seule avec lui avant d'avoir appris à mieux le connaître.

— Tu crois qu'il pourrait être dangereux ?

— Je n'ai aucune idée préconçue, répondis-je. Mais laisser à une relation le temps de s'épanouir ne peut pas faire de mal.

— Tu es bien sûre de n'être pas un peu jalouse ? Pas même un tout petit peu ?

— Sororale sollicitude, déclarai-je.

— Eh bien, n'oublie pas que je ne suis plus une gamine. Tu devrais savoir que je sais me défendre.

Comme avec Mort, par exemple.

— Bien sûr, répondis-je. Amuse-toi bien.

Je raccrochai, puis contemplai le fond de mon loft, où Rosie dormait sur mon lit, les pattes en l'air.

— Dieu merci, toi au moins tu n'es pas une dinde !

J'essayai de glisser le Derringer dans mon soutien-gorge. Il était trop lourd, nuisait au premier devoir de celui-ci, et donnait l'impression que je planquais une licorne sous mon chemisier. J'enfilai une ample veste de sport, pourvue de grandes poches, dont les pans cachaient mes cuisses, et je fis une nouvelle tentative dans ce sens. Piteux. Pas question de farfouiller dans une poche aussi vaste pour récupérer mon calibre. Mon téléphone sonna de nouveau.

— Ne me passe pas Elizabeth, je t'en supplie, soufflai-je au combiné.

Ce n'était pas elle. C'était Julie.

56

— J'ai parlé à Michael, m'annonça-t-elle.

— Alors ?

— C'était à la fois affreux et impératif. Il est fou de rage. Mais il est tellement correct.

— De quoi avez-vous parlé ?

— De nous.

— Je m'en serais doutée, répondis-je. Et où en est ce « nous » ?

— Nous allons consulter un psy.

— Séparément ?

— Oui. La thérapie de couple s'attache à résoudre les problèmes du couple. J'ai besoin de résoudre les miens et Michael les siens.

— Quels problèmes Michael doit-il résoudre, selon toi ?

— C'est à lui et à son psy d'en juger, répondit-elle. À leur place, je chercherais sans doute à comprendre pourquoi Michael a si longtemps toléré la comédie que je lui jouais.

— Et toi ?

J'eus l'impression d'entendre un sourire penaud dans la voix de Julie.

— À comprendre pourquoi j'ai si longtemps simulé.

— Que pense Michael de la psychothérapie ? Ce n'est pas trop son genre, il me semble.

— En effet. Mais il est intelligent. Je crois qu'il supportera, à condition d'en avoir le courage.

— Et c'est pour sauver votre couple qu'il accepte d'en passer par là ?

— Oh, j'en suis persuadée. Mais une psychothérapie peut mener à tout et à n'importe quoi, et ce qu'on croit chercher au début peut fort bien ne correspondre en rien à ce qu'on découvrira ultérieurement.

— Exact, renchéris-je.

— Alors ? demanda Julie. Tu es fière de moi ?

— Évidemment. Il y a un progrès, dirait-on. Tu vois toujours Robert ?

— Je ne vois personne pour le moment. Jusqu'à ce que je sache de nouveau où j'en suis. Sortir avec un homme, c'est déjà une espèce de replâtrage. Je dois pouvoir me regarder en face avant de fréquenter qui que ce soit.

— Eh bien, voilà qui met du baume au cœur, fis-je. Je suis persuadée que cette décision aura d'heureuses conséquences. J'ignore si vous vivrez encore ensemble ou si vous vous séparerez, Michael et toi, mais je sais déjà que vous vous en trouverez bien, dans un cas comme dans l'autre.

— Tu le penses réellement ?

— Absolument.

Un semblant d'absolu, tout du moins.

Après avoir raccroché, je me remis à penser à ma visite à Tony Marcus ; à Junior ; à Ty-Bop. Si j'avais peur ? Oui. Il me semble. Une sensation à ce point superflue que je m'efforçais de la refouler. Mais lorsque je consentais à sonder mon cœur, alors... Oui, j'avais bel et bien la trouille.

— Écoute, dis-je à Rosie. Tu crois vraiment que personne ne va m'appeler pour demander : « Comment te sens-tu, Sunny ? Tu as peur ? Tu dois faire un truc moche demain ? Tu vas bien ? Je peux faire quelque chose pour toi ? » Pourquoi, Rosie, à ton avis ?

Rosie se trémoussa un instant sur le lit, toujours allongée sur le dos, et laissa pendre sa tête en arrière dans ma direction, de manière à pouvoir me fixer de ses petits yeux noirs ovales.

– Bon, poursuivis-je. Nous venons de passer par un bref épisode d'apitoiement sur nous-mêmes. Nous tâcherons de ne pas trop nous y complaire à l'avenir.

Je me déshabillai, passai mon pyjama, puis me démaquillai et me débarbouillai. Mes ablutions terminées, je chargeai mon petit Smith & Wesson, glissai deux balles dans le Derringer, les posai côte à côte sur ma table de nuit et me mis au lit.

57

Je portais des vêtements pratiques – jean, T-shirt et baskets – lorsque j'entrai au Buddy's Fox, établissement d'où Tony gérait son bizness. J'avais glissé mon .38 dans ma banane et le Derringer dans un holster de cheville. Le long du mur de droite, les boxes étaient à moitié remplis de gens mangeant des frites et des œufs sur le plat. Junior toisait la salle, assis sur un haut tabouret, le dos au bar et accoudé au comptoir. Debout à ses côtés, Ty-Bop picorait des cacahuètes en tressautant sur la pointe des pieds au son d'une musique diffusée par ses écouteurs. Tous deux me suivirent des yeux à mon entrée. Nul ne pipa mot. J'étais la seule Blanche de l'établissement. Je me sentais vulnérable et déplacée.

Le barman s'occupait encore de la mise en place et, en m'apercevant, il m'indiqua d'un signe de tête l'étroit couloir qui s'ouvrait à la droite de son bar. Je dépassai les boxes, enfilai ledit couloir et frappai à la porte du fond.

– Entrez.

Tony était assis sur un fauteuil pivotant au haut dossier de cuir rouge, devant une grande table de chêne, une antiquité qui devait sortir d'une vieille Mission. Un téléphone était posé dessus, ainsi qu'un calepin jaune vierge à feuilles millimétrées et un Bic. Rien d'autre. Ni Junior ni Ty-Bop ne m'avaient suivie.

— Fermez la porte, dit Tony.

Il portait un complet noir à larges rayures blanches, une chemise blanche et une cravate en soie orange chatoyante.

Je fermai la porte. Tony se leva et contourna la table.

— Je dois vérifier que vous ne portez pas de micro, déclara-t-il.

Je lui présentai mon dos et j'écartai les bras. Tony fit courir ses mains le long de mes flancs, sans me palper de façon plus appuyée qu'il n'était nécessaire. S'il constata la présence de mon holster de cheville, il n'y fit pas allusion.

— Montrez-moi votre banane, demanda-t-il.

Je la dégrafai et la lui tendis. Il ouvrit la fermeture Éclair, sortit mon .38, jeta un coup d'œil à l'intérieur, remit le .38 en place, referma la banane et me la rendit.

— Asseyez-vous.

J'obtempérai.

— Tout ce que je pourrai vous dire ici, je le nierai formellement dehors. C'est bien compris ?

— Oui.

— Que désirez-vous savoir ?

— Avez-vous fait tuer Jermaine Lister ? demandai-je.

Tony sourit.

— Ah, Sunny Randall, déclara-t-il en secouant la tête. C'est ce que j'aime chez vous. Vous ne pinaillez pas.

— Alors ?

— Bien sûr.

— Pourquoi ?

— Il vous avait prise pour cible.

— Sans votre approbation ?

— Et même à mon insu, bordel !

— Et vous m'appréciez tellement que vous l'avez fait poignarder ?

— Je vous aime beaucoup, admit-il, mais je l'ai fait tuer parce que c'était un enfoiré de fouteur de merde et que je voulais qu'il la boucle.

— À quel propos ?

— À propos de tout ce que vous désirez savoir, répondit Tony. Et c'est pour ça que je suis en train de vous parler. Je me suis dit qu'une fois votre curiosité satisfaite, vous cesseriez de fourrer votre nez dans cette affaire.

— Pourquoi ne pas m'éliminer, moi ?

— Je me tue à vous le répéter. Je vous aime bien, Sunny Randall.

— Et je suis plus dure à liquider que Jermaine, parce que personne n'en a rien à foutre de lui tandis que les Burke risqueraient d'exercer des représailles.

— L'intérêt que vous portent les Burke pèse certes dans la balance, reconnut-il. Mais ça ne m'effraie pas. Je ne suis pas arrivé là où j'en suis en me laissant intimider. Pas davantage en perdant mon temps à jouer à la guéguerre avec les Burke.

Je fis un petit geste de la main gauche, comme pour dire : « *Peu importe la cause, en l'occurrence.* »

— Parlez-moi de Natalie Marcus, ajoutai-je.

Tony renversa légèrement son fauteuil en arrière et décolla les pieds du sol. Il contempla un bref instant ses chaussures noires miroitantes.

— Que voulez-vous savoir ?

— Vous la connaissez ?

— Oui.

— Saviez-vous qu'elle s'appelait en réalité Verna Lee Lister et qu'elle est la sœur de Jermaine ?

— Oui.

— Saviez-vous aussi qu'elle a été mariée avec vous à une certaine époque ? Lorsqu'on la connaissait sous le nom de Natalie Marcus ?

Tony sourit, mais son sourire ne me parut guère chaleureux. Il faut dire que Tony lui-même ne m'a jamais semblé particulièrement chaleureux. C'est un joueur. Mais on ne sait jamais vraiment ce qu'il ressent, pense ou désire.

— Je le savais, répondit-il.

— Saviez-vous qu'elle avait fait le trottoir ?

— Um hum.

— Saviez-vous qu'elle a en ce moment une liaison avec une certaine Mary Lou Goddard ?

— On va sûrement vous inviter en Suède, Sunny Randall. Pour vous décerner le prix Nobel des fouille-merde.

— Connaissiez-vous un dénommé Lawrence B. Reeves ?

— Je n'en suis pas sûr, répondit Tony. Que vient-il faire là-dedans ?

— Il fréquentait Mary Lou Goddard, l'actuelle compagne de votre ex-épouse. Et recourait aux bons offices du frère de Natalie... Jermaine Lister, un de vos macs.

— Oh ! fit Tony. Ce Lawrence B. Reeves-là !

— Lawrence est mort. Tout comme une certaine Gretchen Crane. Vous l'avez connue ?

Tony se balançait lentement sur son fauteuil de cuir. Il se massa les yeux du pouce et de l'index de la main gauche comme s'il était fatigué, en faisant la bouche en cul-de-poule. Je ne savais jamais s'il réagissait spontanément ou s'il ménageait soigneusement ses effets. J'attendis. Il continuait de se balancer.

— Pourquoi voulez-vous savoir tout cela, Sunny Randall ? s'enquit-il finalement.

— Parce que je l'ignore.

— Tout simplement ?

— C'est mon job. J'essaie de découvrir des choses. J'adore ce que je fais.

— Vous avez toujours ce petit chien rigolo ?

— J'ai toujours la splendide Rosie.

Tony hocha la tête comme si ça expliquait tout. Il cessa de se frotter les yeux, croisa les mains sur le ventre et appuya les coudes sur les bras de son fauteuil toujours incliné en arrière.

— Permettez-moi de vous raconter une histoire, déclara-t-il.

Il porta ses mains croisées à ses lèvres.

— Je n'ai aucun respect pour les putes ; à mes yeux, elles ne sont qu'un vulgaire produit. Mais j'ai rencontré Verna Lee Lister il y a une dizaine d'années. Probablement une pute comme les autres, qui ne sortait pas du lot. Mais je l'ai trouvée différente.

Il se pencha en avant et sortit un long cigare étroit d'un humidificateur posé sur son bureau.

— Ça ne vous dérange pas que je fume ? demanda-t-il.

— Si.

Tony sourit et alluma soigneusement son cigare, en le faisant tourner jusqu'à ce qu'il se consume régulièrement.

— Je l'ai sortie du ruisseau. Je l'ai récurée. Je lui ai payé de belles fringues. J'ai changé son nom. Je lui ai appris à se tenir à table. Je l'ai inscrite à la fac. Nous devions nous envoyer en l'air ensemble au soleil couchant.

— Pygmalion.

— Je ne sais strictement rien de ce *Pig*-machin, laissa-t-il tomber. Mais je croyais que ça se passerait autrement.

— Et ce ne fut pas le cas ?

Tony sourit sans la moindre joie et inhala une bouffée de fumée de cigare. Lorsqu'il reprit la parole, les volutes s'échappaient de sa bouche entre deux mots.

– Ça s'est effectivement passé autrement, mais pas comme je l'aurais cru. Nous sommes restés mariés quelque temps, puis elle s'est tirée avec une goudou.

– Mary Lou Goddard ?

Il hocha la tête.

– Quel effet ça vous a fait ? m'entendis-je demander.

– À votre avis ?

– Question stupide. Ce que je voulais dire exactement, c'est : quel effet ça vous a fait d'être largué pour une lesbienne ?

– Je lui ai dit qu'elle pouvait faire tout ce qu'elle voulait, à condition de ne pas me ridiculiser.

– En reconnaissant qu'elle était une lesbienne ?

– En reconnaissant qu'elle me larguait pour une gouine.

– Ohhh ! fis-je.

Tony opina.

– Le ridicule peut tuer, dans ma situation, déclara-t-il.

– Jermaine était au courant ?

– Oui.

– Et il a cherché à tirer parti de cette information ?

– Elle l'a aidé à gravir les échelons de l'organisation, répliqua Tony.

– Raison pour laquelle il a tenté de me tuer, conclus-je. Si je découvrais la vérité sur Natalie, il n'avait plus barre sur vous et sa carrière prenait fin.

– Et sa vie.

– Qu'il a en définitive perdue, de toute façon.

– Tout ne s'arrange pas toujours au mieux, fit remarquer Tony.

– Avez-vous tué Gretchen Crane ?

— Nan.
— Vous connaissez le coupable ?
— La gouine.
— Mary Lou ?
Tony hocha la tête.
— Parce qu'elle avait une aventure avec Natalie ?
— Ouais.
— Et Mary Lou l'a appris et l'a tuée ?
— Ouais.
— Comment le savez-vous ?
— Natalie me l'a dit. Elle voulait que j'arrange ça.
— Mon Dieu ! fis-je. Lawrence B. Reeves.
— Il suivait Mary Lou partout. En fait, il la sautait, c'est du moins ce que prétend Natalie ; et c'est précisément pour se venger, selon elle, que Natalie couchait avec Gretchen. Évidemment, Natalie trouvera toujours une bonne justification pour expliquer qu'elle couche avec une autre gonzesse.

Tony ne connaissait qu'un seul moyen de combattre le chagrin : la colère.

— Vous faisiez donc d'une pierre deux coups. Vous lui faisiez porter le chapeau pour le meurtre de Gretchen, tout en lui interdisant définitivement de harceler Mary Lou.

— Um hum. Junior l'a forcé à signer une lettre d'aveux. Il n'a même pas eu besoin de le frapper, à ce qu'il m'a dit. Reeves avait tellement les foies qu'il aurait fait tout ce qu'on lui demandait. Il se serait probablement tiré une balle dans le crâne s'ils lui en avaient donné l'ordre.

— Mais il ne l'a pas fait ?

— Non. (Tony sourit.) Ty-Bop s'en est chargé.

— J'aurais plutôt cru que Natalie vous demanderait de punir Mary Lou du meurtre de Gretchen. Après tout, elles étaient amantes.

— Natalie m'a dit qu'elle se sentait désolée pour

Mary Lou. L'autre n'arrêtait pas de lui répéter : « Regarde un peu ce que tu m'as obligée à faire », et tout le tremblement.

— Et Natalie se sentait coupable ?

— Elle était mal dans sa peau. Mary Lou avait le nerf de la guerre. Elle avait acheté l'appartement de Beacon Hill. Elle lui payait ses fringues, les repas, les vacances à Truro. Toute seule, Natalie ne connaît qu'une seule façon de gagner sa croûte : tailler des pipes.

— Et Mary Lou m'a engagée pour la protéger de Lawrence B. Reeves avant d'apprendre que Natalie et Gretchen avaient une liaison. Après avoir tué Gretchen, elle m'a éloignée pour m'interdire de découvrir le vrai coupable.

— Une petite futée, admit Tony.

— C'est Natalie qui a présenté Gretchen à Jermaine et aux filles ?

— Par mon entremise.

— En ce cas, pourquoi est-elle allée trouver Bobby Franco ?

— Natalie voulait qu'un flic sache qu'on traficotait, répondit Tony. Ça la rassurait un peu.

— Et pourquoi diable m'avez-vous adressée à Jermaine, si vous ne souhaitiez pas que ces informations soient divulguées ?

— C'était une erreur, reconnut-il. J'ignore pourquoi j'ai fait ça. Il m'arrive de faire des conneries.

— Si ça venait à se savoir, vous n'auriez plus cette épée de Damoclès suspendue au-dessus de la tête.

— Vous faites aussi dans la psychanalyse, Sunny Randall ?

— Vous l'aimez encore, hein ?

Tony secoua la tête.

— Nous sortons du sujet.

Tony ne semblait guère avide d'écouter mes théories

sur l'amour, la colère et l'ambivalence. Moi non plus, au demeurant. J'ai écrasé le coup.

— Y a-t-il un quelconque rapport avec ce que trafiquaient Lawrence B. et Jermaine le jeudi soir ?

Tony renifla dédaigneusement.

— Croyez-vous ? Pour recourir aux services d'une pute dans cette ville, on doit nécessairement trafiquer avec son julot.

— Simple coïncidence ?

— Autant que je sache.

Nous restâmes sans rien dire un moment. Tony tirait sur son cigare. J'étais certaine d'être passée à côté de quelques pièces du puzzle. Convaincue qu'il me restait des questions à poser. Mais, pour l'instant, du moins dans la mesure où j'arrivais à me concentrer suffisamment pour couvrir le sourd bourdonnement des rouages de mon cerveau, j'avais tout reconstitué.

— Je vais tenter d'en prouver le plus possible, déclarai-je.

Tony hocha la tête. Il n'avait plus rien du joueur.

— Sans moi, vous ne pourrez jamais rien prouver.

— Je voulais juste vous faire savoir que j'essayerais de mon mieux.

Tony posa sur moi le regard de ses yeux marron.

— Si jamais ça se sait, Sunny Randall, j'ordonne à Ty-Bop de vous descendre. Et j'emmerde les Burke !

Je pris une profonde inspiration et dus me faire violence pour dire ce que j'avais à dire :

— Si j'arrive à prouver que vous avez tué deux personnes, je divulguerai inéluctablement cette affaire. Je prendrai mes risques. Mais pas question que j'aille bavasser. Je ne répéterai jamais ce que vous venez de me dire, à moins de pouvoir vous boucler.

— Espérons que cela se passera comme vous le dites, Sunny Randall. Vous me manqueriez beaucoup.

Le comble de l'ambivalence. Je me levai. Nous nous jetâmes un dernier regard et je pris congé. Je passai devant Ty-Bop et les clients qui petit-déjeunaient, et sortis à la lumière du jour.

58

Ma voiture était garée de l'autre côté de la rue. Alors que je me dirigeai vers elle, Spike sortit d'une porte cochère et s'avança à ma rencontre. Richie ouvrit la portière d'une voiture garée le long du trottoir d'en face et traversa la rue. Spike et lui se regardèrent en chiens de faïence.

— J'étais censée venir seule, fis-je remarquer.

— On n'a pas toujours ce qu'on veut, déclara Spike.

— Vous étiez de mèche sur ce coup ? demandai-je.

Richie sourit.

— Je ne savais pas qu'il viendrait, répondit-il.

Je regardai Spike. Il haussa les épaules.

— J'ignorais que Richie serait là.

— Donc, si je comprends bien, chacun est venu de son côté ?

— Faut croire, rétorqua Richie.

— Et vous faisiez tous les deux le pied de grue dans le coin, au cas où j'aurais eu besoin d'aide ?

Spike haussa derechef les épaules. Je les dévisageai tous les deux, puis j'éclatai en sanglots. Jamais je n'avais pleuré aussi fort. De toute ma vie.

Composition réalisée par JOUVE

Impression réalisée sur CAMERON par
BRODARD ET TAUPIN

La Flèche
en mai 2003

Imprimé en France
Dépôt légal : 34418/04-2003
N° d'édition : 01
N° d'impression : 18721
ISBN : 2-7024-8002-0